● 丛书主编 庆振轩

故事里的文学经典

辽金元诗

庆振轩 牛思仁 著

兰州大学出版社

图书在版编目（CIP）数据

故事里的文学经典. 辽金元诗／庆振轩，牛思仁
著. —兰州：兰州大学出版社，2014.7
ISBN 978-7-311-04501-2

Ⅰ. ①故… Ⅱ. ①庆… ②牛… Ⅲ. ①古典诗歌—诗
歌欣赏—中国—辽宋金元时代 Ⅳ. ①I206.2

中国版本图书馆 CIP 数据核字（2014）第 158298 号

策划编辑　张　仁
责任编辑　钟　静
装帧设计　张友乾

书　　名　**故事里的文学经典　辽金元诗**
作　　者　庆振轩　牛思仁　著
出版发行·兰州大学出版社　（地址：兰州市天水南路 222 号　730000）
电　　话　0931-8912613（总编办公室）　0931-8617156（营销中心）
　　　　　0931-8914298（读者服务部）
网　　址　http://www.onbook.com.cn
电子信箱　press@lzu.edu.cn
印　　刷　兰州德辉印刷有限责任公司
开　　本　710 mm×1020 mm　1/16
印　　张　12.25
字　　数　187 千
版　　次　2014 年 7 月第 1 版
印　　次　2014 年 7 月第 1 次印刷
书　　号　ISBN 978-7-311-04501-2
定　　价　25.00 元

学海无涯乐作舟

——"故事里的文学经典"系列序言

北宋文坛领袖欧阳修曾说:

　　　　立身以求学为先,求学以读书为要。

　　欧阳修是一位政治家、思想家、改革家,也是一位教育家,他认为人生如果要有一番作为,就要努力求学读书。千余年过去,时至今日,立志向学,勤奋读书,教育强国,已经形成社会共识。然而读什么书,如何读书,依然是许多人困惑和思考的问题。

　　人们常说"开卷有益",又说"好书不厌百回读",所谓的好书、有益的书,应该指的是经典作家的经典作品。何谓经典?瑞士作家赫尔曼·黑塞在《获得教养的途径》中认为,经典作品是"我正在重读",而不是"我正在读"的书。人文学科都有各自的经典作家和经典作品,诸如"哲学经典"、"史学经典"、"文学经典"等等。范仲淹曾经说过:"劝学之要,莫尚宗经。宗经则道大,道大则才大,才大则功大。"(《上时相议制举书》)儒家把《诗经》、《尚书》、《仪礼》、《乐经》、《周易》、《春秋》尊为"六经",文人学士研修经典的目的是为了经世致用,"六经之旨不同,而其道同归于用"。"故深于《易》者长于变,深于《书》者长于治,深于《诗》者长于风,深于《春秋》者长于断,深于《礼》者长于制,深于《乐》者长于性。"(陈舜俞《说用》)范仲淹与其再传弟子陈舜俞都是从造就经邦济世的通才、大才的角度论述儒家经典的。但古人研读经典,由于身份不同、目的不同,取径也不尽相同。郭绍虞在《中国文学批评史》中指出:"古文家、道学家和政治家一样的宗经,但是古文家于经中求其文,道学家于经中求其道,而政治家则于经中求其用。"

　　就文学经典而言,文学经典指的是具有深厚的人文意蕴和永恒的艺术价值,为一代又一代读者反复阅读、欣赏、接受和传承,能够体现民族审美风尚和美学精神,具有广阔的阐释空间和当代存在性,能不断与读者对话,并带来新的

辽金元诗

发展,让读者在静观默想中充分体现主体价值的典范性权威性文学作品。"经也者,恒久之至道,不刊之鸿论。"(刘勰《文心雕龙·宗经》)

由于经典之作要经历时间和读者的检验,所以经典作家、经典作品经典化的过程会给我们一些有益的启示:读者和作家一起赋予了经典文学的经典含义。即就宋词而言,词体始于隋末唐初,发展于晚唐五代,极盛于两宋。但在宋代,词乃小道,不登大雅之堂,终宋一代,宋词从未取得与诗文同等的地位。欧阳修在《归田录》中曾记载:

> 钱思公(惟演)虽生长富贵,而少所嗜好。在西洛时,尝语僚属言:平生唯好读书,坐则读经史,卧则读小说,上厕则读小词。盖未尝顷刻释卷也。

虽然欧阳修之意在赞扬钱惟演好读书,但言及词则曰"小词",且小词乃上厕所所读,则其地位可知。即就宋代词坛之大家如苏轼,在被贬黄州时,为避谤避祸,开始大量作词;辛弃疾于痛戒作诗之时从未中断写词的事实,也可略知其中信息。直至后世的读者研究者,越来越感知和发现了词体的独特的魅力——"词之为体,要眇宜修,能言诗之所不能言,而不能尽言诗之所能言。诗之境阔,词之言长"(王国维《人间词话》),才把词坛之苏辛,视如诗坛之李杜,赋予了宋词与唐诗相提并论的地位。

其他文体中如元杂剧之《西厢记》、章回小说之《水浒传》,也曾被封建卫道士视为"诲盗诲淫"之洪水猛兽而遭到禁毁,但名著本身的价值、读者的喜爱和历史的检验,奠定了它们经典之作的地位。

在一些经典作品经典化的过程中,读者甚至参与了经典作品的创作。李白的《静夜思》就是一个典型的个例。从文献学的角度看,宋代刊行的《李太白文集》、《李翰林集》中《静夜思》的原貌为:

> 床前看月光,疑是地上霜。
> 举头望山月,低头思故乡。

当代著名学者瞿蜕园、朱金城、安旗、詹瑛所撰编年校注、汇释集评本《李太白集》也全依宋本。但从明代开始,一些唐诗的编选者(读者)开始改变了《静夜

思》的字句,形成了流行今日的李白的《静夜思》:

> 床前明月光,疑是地上霜。
> 举头望明月,低头思故乡。

所以,经过了历史长河的淘洗和历代无数读者检验而存留至今的中华文明宝库中的经典文学作品,是中华民族精神智慧的结晶。那么,在大力弘扬与传承优秀传统文化的今天,我们应该怎样学习阅读自《诗经》《楚辞》以来的文学经典? 古人的一些经典之作和经典性论述可以为我们借鉴。

> 横看成岭侧成峰,远近高低各不同。
> 不识庐山真面目,只缘身在此山中。

这是苏轼在元丰七年四月,自九江往游庐山,在山中游赏十余日之后所写的《题西林壁》诗。一生好为名山游的苏轼,在畅游庐山的过程中,庐山奇秀幽美的胜景,让诗人应接不暇。苏轼于游赏中惊叹、错愕,领略了前所未有的超出想象的陌生的美感。初入庐山,庐山突兀高傲,"青山若无素,偃蹇不相亲。要识庐山面,他年是故人。"移步换景,处处仙境,诗人喜出望外,"自昔忆清赏,初将杳霭间。如今不是梦,真个在庐山!"庐山幽胜美不胜收,于是诗人在《题西林壁》这首由游山而感悟人生的诗作中,寄寓了发人深思的理趣。苏轼之后,人们从不同的角度解读诗作给予人们的启悟。王国维《人间词话》中说:

> 诗人对于宇宙人生,须入乎其内,又须出乎其外。入乎其内,故能写之;出乎其外,故能观之。入乎其内,故有生气;出乎其外,故有高致。

而苏轼的《题西林壁》正是诗人对于人生对于庐山既入乎其内,又出乎其外的带有特有的东坡印记的智慧之作。古往今来,向往庐山,畅游庐山的游人难以数计,而神奇的庐山给予游人的感触各有不同,何以如此呢? 因为万千游客,虽同游庐山,但经历不同,观赏角度有别,学识高下不一,游赏目的异趣,他们都领略的是各自心目中的庐山,诚所谓"横看成岭侧成峰,远近高低各不同"。也正如钱钟书《谈艺录》中所说："盖任何景物，横侧看皆五光十色；任何情怀，反复说皆千头万绪。非笔墨所易详尽。"所以，换个角度看世界，世界会更加丰富多彩；换个角度看人生，现实人生就会更具魅力；换个角度读经典，你会拥有你自己的经典，经典会更加经典。

千江有水千江月，千江水月各不同。古今中外的许多经典作家正是以独特的眼光观察大千世界，以独到的思维角度思考人生，以生花妙笔写人叙事，绘景抒情，继往开来，推陈出新，创造出一部部永恒的经典。"不畏浮云遮望眼，只缘身在最高层。"经典之所以为经典，其要因之一就是经典作家能够站在时代的制高点上，眼光独到，视点独特，思想深邃，能发前人之所未发。即以被称为"拗相公"的王安石为例，作为勇于改革的政治家，思想深刻的思想家，他的诗、文、词创作都具有鲜明的个性特色。四川大学中文系古典文学教研室选注的《宋文选·前言》中说：

> 王安石的文章大都是表现他的思想见解，为变法的政治斗争服务的，思想进步故识见高超，态度坚决故议论决断。其总的特色是在曲折畅达中气雄词峻。议论文字，无论长篇短说，都结构谨严，析理透辟，概括性强，准确处斩钉截铁，不可移易。

辽金元诗

这一段话是评价王安石散文风格的，用来概括他的诗词特色也颇为恰切。王安石由于个性独特，识见高超，所以喜欢做翻案文章。他的这一类作品不是为翻案而翻案，而是确有独到深刻的见解，其《读史》、《商鞅》、《贾生》、《乌江亭》、《明妃曲》均是如此。即以其《贾生》而言，司马迁《史记》有《屈原贾生列传》，对贾谊的同情叹惋之意已在其中。李商隐因自己人生失意，对贾谊抑郁失意更为关注，其《贾生》诗曰：

> 宣室求贤访逐臣，贾生才调更无伦。
> 可怜夜半虚前席，不问苍生问鬼神。

这首咏史诗在切入点的选取上颇为独到，在对贾谊遭际的咏叹抒写之中，蕴含着深沉的政治感慨和人生伤叹，而这种感慨自伤情怀颇能引起后世怀才不遇之士的情感共鸣，给予了高度评价。但王安石评价历史人物的着眼点则跳出了个人人生君臣遇合的得失,立足于是否有用于世有助于时的角度,表达了独特的"遇与不遇"的人生价值观。遇与不遇,不在于官场职位的高低,而在于胸怀谋略是否得以实行,是否于国于民有益:

> 一时谋议略施行,谁道君王薄贾生。
> 爵位自高言尽废,古来何啻万公卿。

以人况己,以古喻今,振聋发聩,这样的诗作才当得上"绝大议论,得未曾有"的美誉。无论是回首历史,还是关注现实,抑或是感受人生,往往医作者的视角不同,立场观念有别,而感发不一,所写诗文,各呈异彩。

但是我们在阅读体验中还发现了一些很有趣的现象:读者有时所欣赏的并不是作者的得意之作,而有时候作者所自珍的,读者却有微词。欧阳修《六一诗话》有这样一段文字:

> 晏元献公文章擅天下,尤善为诗,而多称引后进,一时名士往往出其门。圣俞平生所作诗多矣,然公独爱其两联,云"寒鱼犹著底,白鹭已飞前",又"絮暖鮆鱼繁,露添莼菜紫"。余尝于圣俞家见公自书手简,再三称赏此二联。余疑而问之,圣俞曰:"此非我之极致,岂公偶自得意于其间乎?"乃知自古文士不独知己难得,而知人亦难也。

欧阳修这种阅读体验不止一端,刘攽《中山诗话》记载:永叔云:"知圣俞者莫如某,然圣俞平生所自负者,皆某所不好。圣俞所卑下者,皆某所称赏。"于是也感慨知心赏音之难。

正因为知心赏音之难,所以古人强调阅读欣赏应该知人论世。于是了解探究历史,就有"纪事本末"类的系列著述。阅读欣赏诗词,即有《本事诗》、《本事词》、《词林纪事》、《唐诗纪事》、《宋诗纪事》、《明诗纪事》、《清诗纪亭》等著作;阅读唐宋散文,也有《全唐文纪事》、《宋文纪事》之类的著述。对于读者而言,这些著述有助于我们由事知史,由事知人,进而由事知诗,由事知词,由事知文;或者说有助于我们加深对相关诗、词、文的深入了解。正是从这个视点出发,出于弘扬传统文化,建设社会主义精神文明的责任感与使命感,兰州大学出版社策划出版"故事里的文学经典"、"故事里的史学经典"、"故事里的哲学经典"(统称为

"换个角度读经典")系列丛书,同样出于历史使命感,我们愉快地接受了"故事里的文学经典"系列的撰写工作,首批包括《故事里的文学经典之唐五代词》、《故事里的文学经典之唐文》、《故事里的文学经典之宋文》、《故事里的文学经典之北宋诗》、《故事里的文学经典之南宋诗》、《故事里的文学经典之元曲》、《故事里的文学经典之唐诗》、《故事里的文学经典之宋词》。

当凝聚着丛书的策划者和撰著者共同心血的著述即将付梓之际,我们为和兰州大学出版社这次愉快的合作感到由衷的高兴,因为共同的弘扬优秀传统文化的目标,出好书就成为我们共同的意愿,所以撰写以至出版的一些具体问题,就很容易通过沟通达成一致。参与丛书撰写的同仁均长期从事中国古典文学的教学科研工作,怎样让经典文学作品走出大学的讲堂,走向社会,走向千家万户,是我们长期思考的问题;而由学者在一定研究基础上撰写的,面向更为广大的读者群的融学术性的严谨和能给予读者阅读的知识性、愉悦性则是出版社策划者的初衷。合作的愉快也为我们下一步自汉魏至明清诗、词、文部分的写作奠定了良好的基础。

由"本事"或者说由"故事"入手诠解阅读文学经典是我们的共识。

那些与诗、词、文密切相关的"本事",在古典文学名篇佳作的赏鉴研读中,主要是指与相关作品的创作、传播以及作家的生平遭际有关的"故事",抑或是趣事逸闻,其本身就是最通俗、最形象吸引读者的"文学评论",许多流誉后世的名篇佳作,几乎都伴随有引人入胜的"故事"或传说。这些故事或发生于作家写作之前,是为触发其写作的契机,所谓"感于哀乐,缘事而发";或是出于一种自觉的责任感使命感,"文章合为时而著,歌诗合为事而作"。而有些诗文本身就在讲故事,史传文学本身就与后世小说特别是传奇小说有千丝万缕的联系,所以唐宋散文中的一些纪传体散文名篇诸如《张中丞传后叙》、《段太尉逸事状》、《杨烈妇传》、《唐河店妪传》、《姚平仲小传》等颇具小说笔法。即如范仲淹之《岳阳楼记》,王庭震《古文集成》中也记述说:

> 《后山诗话》云:"文正为《岳阳楼记》,用对语说时景,世以为奇。尹师鲁读之,曰:'传奇'体耳!"《传奇》,唐裴铏所著小说也。

有些诗歌也是感人的叙事诗,在很多读者那里了解的苏小妹的故事,只是民间的传说,得之于话本小说《苏小妹三难新郎》、近年新编的影视作品《鹊桥仙》等。人们出于良好的心理愿望,去观看欣赏苏小妹和秦观的所谓爱情佳话,让聪明贤惠的苏小妹和苏轼最得意的门生秦观在虚构的小说、戏曲、影视作品中成就美好姻缘,而不去考虑受虐病逝于皇祐四年(1052)的苏洵最小的女儿、苏轼的姐姐八娘,和出生在皇祐元年(1049)的秦观结为秦晋之好是根本不可能的!而苏洵的《自尤》诗即以泣血之情记述了爱女所嫁非人,被虐致死的锥心之痛。但长期以来,由于资料的散佚,一些研究苏轼的专家对此亦语焉不详,台湾学者李一冰所著《苏东坡新传》即曰:

> 苏洵痛失爱女,怨愤不平,作《自尤》诗以哀其女(今已不传)。

我们依据曾枣庄先生《嘉祐集笺注》收录了《自尤》诗并叙,并未多加诠释,因为诗作本身就为我们含悲带愤地讲述了一个凄惨的八娘的短暂的一生的悲剧故事。苏小妹不是一个传说!

当然,也有一些故事发生在诗作传播之后,如《舆地广记》和《艇斋诗话》都记载,苏轼"为报先生春睡美,道人轻打五更钟"传到京城,章惇认为东坡生活快活安稳,于是又把诗人贬到海南。但是不论诗人是直书其事,还是借史言事,是因事论事,还是即事兴感,与诗作相关与诗人遭际相关的故事,都有助于我们对经典诗文在知人论世的基础上去读解诠释。

在"换个角度读经典"系列丛书之"故事里的文学经典"(第一批)将要出版发行之际,我们对兰州大学出版社的张仁先生、张映春女士为之付出的大量心血和兢兢业业一丝不苟的敬业精神表示由衷的感佩;对兰州大学文学院党政领导班子,特别是张炳成同志对于丛书的写作出版自始至终的关注支持深表感谢。同时,由于切入角度不同,对于相关诗、词、曲、文名篇的诠解也仅是我们的一得之见,所以我们热望广大读者多提宝贵意见,书山有路勤为径,学海无涯乐作舟,愿读者诸君和我们一起愉快阅读经典的同时,换个角度,读出我们各自心目当中的经典。

庆振轩

二〇一三年八月于兰州

目　　录

故事里的辽诗

辽金元诗

故事里的元诗

辽金元诗

辽金元诗

故事里的辽诗

皇族气概　耶律名流

辽金元诗

在中国历史数千年的长河中,由北方契丹民族创立的大辽王朝,自公元916年辽太祖耶律阿保机登基始,前后历经九帝,凡二百余年,时间跨度长久,空间疆域辽阔。留存于世的辽代诗歌虽仅寥寥数十首之多,却在北方游牧民族纯朴的文化基因与汉文化的熏染吸收下显示出独有风貌,并对金元诗歌产生了深远影响。审视这些包含着特定文化样态的诗篇,我们发现,契丹贵族特别是帝王多表现出对于诗歌创作的浓厚兴趣,从让国皇帝耶律倍著名的《海上诗》始,辽圣宗耶律隆绪、兴宗耶律宗真、道宗耶律德光皆有诗作留世。这些诗篇风格独特,性情鲜明,诗艺逐步成熟,在为数不多的辽诗中呈现出特殊的光彩。历代帝王对于诗歌创作的爱好和提倡深刻影响着当时的整个诗坛,而其背后的故事更是为人们所津津乐道。

大山无力乘桴去　望海堂中万卷书
——让国皇帝耶律倍《海上诗》

耶律倍（899—936），契丹名图欲（一作突欲），辽太祖耶律阿保机的长子。自幼聪敏好学，博览群书。神册元年（916），立为皇太子。天显元年（926），随从太祖出征渤海。渤海国灭后改其地为东丹国，耶律倍受封为东丹王，称人皇王，主国事。故世称东丹王。

东丹王人马图

辽初的契丹贵族中，耶律倍可谓是为数不多的杰出的文学家和艺术家之一。建国之前，契丹民族文化相当落后，甚至没有本民族的文字，人们只能以"刻木之约"来纪事。至辽太祖耶律阿保机时期，为了更好地统治汉人地区，统治者开始有选择地吸收汉文化，倚靠汉族文士，辽代文化因而逐渐有了较快发展。

汉人教导其在隶书的基础上增损变化，作了数千个文字，才算有了契丹文。在这种文化大背景下，仅仅过了数十年之后，耶律倍就已经通晓辽汉两种文字的诗文写作，并且通阳阳，知音律，精医药，善丹青。

《契丹国志·东丹王传》记载，耶律倍"性好读书，不喜射猎"。《辽史·宗室传第二》记载，太祖耶律阿保机尝问侍臣事天敬神之事，众卿皆以佛对，独有耶律倍道："孔子大圣，万世所尊，宜先。"耶律倍的回答应该是令辽太祖抑或修撰《辽史》者所满意的。我们赞美于耶律倍的博识多才和儒雅好学，同时也不得不提出疑问，在凭借武力马上取天下的契丹皇族内部，"不喜射猎""孔圣宜先"的耶律倍能否在皇权争斗的激烈冲突中站得稳脚跟，被众人信服？其弟耶律德光最终登上了皇位证明,这怕是很难,因为就连他的母亲述律平都没有信任、保护他。天显元年(926),太祖崩,早在神册元年(916)就已被立为皇太子的耶律倍自然是继承帝位的不二人选。而当时执掌朝政的淳钦皇后述律平却偏爱次子耶律德光,欲立其为帝。她一面在暗地里笼络和授意朝中大臣,同时又要在明面上给世人一个交代,于是上演了一场预谋好的闹剧。据《资治通鉴》记载:"述律爱中子德光,欲立之,命与突欲俱乘马立帐前,谓诸臣曰:'二子吾皆爱之,莫知所立,汝曹择可者,执其辔。'诸臣知其意,争执德光,遂立之。"述律后明知本应由皇太子继位却选用执辔择君的方式,最终选择次子德光,却又是为何?也许这与耶律德光的重兵在握、勇猛彪悍不无关系。为大辽王朝的建立,耶律德光曾跟随太祖四处征讨,立下过赫赫战功,太祖亦曾谓其"必兴我家"。太祖驾崩时,耶律德光正手握兵权,任"天下兵马大元帅"之职,一举一动直可动摇朝政。相比之下,耶律倍只能算作一介书生了。耶律倍知晓述律后欲立耶律德光之意,无奈之下,被迫将皇位让于耶律德光。故世称其为"让国皇帝"。

耶律倍《骑射图》

　　政治斗争中的失败,耶律倍只能忍辱吞声,但这并不意味着让位后的耶律倍就能全身而退。他本想一头扎进诗文和艺术创作领域,远离政局,自慰疗伤。孰料耶律德光继帝位后不久,就对其兄开始疑忌,进而将他迁徙于东平(今属辽宁),"置卫士阴伺动静"。在这种黑色恐怖的监视氛围下,耶律倍过得如履薄冰,战战兢兢。此后,他作出一系列举动来表露心迹:起书楼于西宫,也许想表明自己性好读书、不问朝政之意;又作《乐田园诗》,从诗题即可见其乐于田园、远离世事的意愿。然而,太祖皇子的身份既已无可改变,耶律德光的多疑和戒备也就难以消除了。后唐明宗李嗣源闻之，派遣专人跨海持书秘密召耶律倍。天显五年(930)，耶律倍终因不堪精神的高压，决定逃离故土，投奔后唐。他携妻高氏，带着大量诗文书籍，渡海投唐。他对随从如是说："我以天下让主上，今反见疑；不如适他国，以成吴太伯之名。"春秋时期，吴太伯三让天下，出走荆蛮，其高风亮节和无量功德受到了无数后人的敬仰。耶律倍言及于此，念及自身，亦自是深有感触吧，但这种感喟中又夹杂着悲苦和凄楚之情。临行之际，他立木海岸，并刻诗于上，诗曰：

> 小山压大山，大山全无力。
> 羞见故乡人，从此投外国。

诗本无题，后人习称为《海上诗》。诗歌流露出耶律倍被迫投奔异国、流亡海外的复杂情怀，语言质朴，设想奇特。契丹小字中，"山"具有两种含义，一即"汗"，意谓皇、王，二即"兄弟"之意。诗歌运用"山"这一常见意象，将汉字语意与契丹语意巧妙结合，生发出奇特的审美价值。又着一"压"字，体现出小汗对大汗、弟对兄的无理"压迫"。重压之下，大山无力，羞见故人，只好乘桴投奔海外。整首诗作在略显平质和粗糙的语言表层下，潜藏着一股孤傲之气和不平之感。清人赵翼叹赏此诗："情词凄婉，言短意长，已深合风人之旨矣。"

故国无处容身的耶律倍投奔后唐，受到了很高的礼遇。明宗以天子仪卫迎耶律倍，以庄宗妃夏氏妻之，赐姓李，名赞华，授光禄大夫检校太保、安东都护兼御史大夫、渤海郡开国公。

初在东丹时，耶律倍就喜好藏书，他曾私令人怀带金宝入幽州买书，凡数万卷，后在医巫闾山(今属辽宁)上置书堂。因书堂之南至海三十里有"望海寺"，故匾曰"望海堂"。"望海堂"中的万卷诗书得以让东丹王沉浸其中，乐此不疲，因逐渐深谙其道，其辽汉文章、诗歌功力亦突飞猛进。在博览先贤名篇佳作的过程中，东丹王对于诗歌创作表现出浓厚的兴趣和爱好。据《皇宋事实类苑》载，"东丹王能为五言诗"。另外，他和文学大家苏轼一样，都对唐代大诗人白居易非常推崇钦慕。乐天曾写有《步东坡》诗云："朝上东坡步，夕上东坡步。东坡何所爱？爱此新成树。"苏轼谪黄州后自称东坡居士，其中亦饱含着对白乐天的景仰之意。而据《尧山堂外纪》载："东丹王有文才，博古今，习举子。每通名刺云：'乡贡进士黄居难字乐地'，以拟白居易字乐天也。"姓、名和字皆亦步亦趋，其推慕之情毋庸赘言。

东丹王出行图

令人感慨的是，这样一位"不喜射猎"而"性好读书"的皇太子，在与兄弟皇位继承的激烈斗争中，竟然遭到母亲及朝中大臣的背弃，失败后无处容身，不得不投奔异国，最终被后唐末帝李从珂遣人杀害。兄弟相残，"让国皇帝"耶律倍的《海上诗》，一如曹植献给曹丕的《七步诗》：

煮豆燃豆萁，豆在釜中泣。
本是同根生，相煎何太急？

辽金元诗

桑干遗玺云中乱 世业其如祖咏何

——辽圣宗耶律隆绪《传国玺》

耶律隆绪(971—1031),小字文殊奴,辽景宗耶律贤长子。乾亨二年(980),封为梁王。四年(982),景宗崩,继帝位,是为辽圣宗。时年十二,尊萧绰为皇太后摄政。其时诸王宗室拥兵自重,控制朝政,对萧太后和圣宗的王朝统治形成了极大威胁。太后深知时势艰难,势力单薄,在耶律斜轸和韩德让等大臣面前哭诉:"母寡子弱,族属雄强,边防未靖,奈何?"几位重臣进曰:"只要信任臣等,太后不必深虑。"于是,太后与耶律斜轸、韩德让参决大政,设法

辽圣宗

辽金元诗

解除了诸王的兵权,逐渐稳定了朝中危急之势。统和二十二年(1004),圣宗奉萧太后之命兵迫澶渊,宋真宗亦领兵亲征,双方最终缔结盟约,史称"澶渊之盟"。自此百余年,宋辽之间未再有大规模的战事,"澶渊之盟"亦可谓造福百姓了。统和二十七年(1009),萧太后死,圣宗亲政。圣宗践祚49年,为辽朝在位时间最长的皇帝。在位期间理冤滞,举才行,察贪残,抑奢僭,辽朝国力达到了全盛。

耶律隆绪对于中原汉族王朝的文化非常倾慕,自身亦深受濡染。"幼喜书翰,十岁能诗",既长后,晓音律,好绘画,具有很全面的文化修养。史载:辽圣宗好读记载了唐太宗时君臣问答的《贞观政要》,至唐太宗、唐明皇实录则钦服不已,曾说,"近五百年来中国的英主,远则唐太宗,次则唐明皇,近则当今之宋太祖、太宗"。可见其对中原君主的推崇。

就个人乐趣而言,圣宗本人也是非常喜欢吟咏诗歌的。据说他曾作诗五百余首,可惜绝大多数都已散佚。《契丹国志》记载,圣宗"尤喜吟诗,出题诏宰相以

下赋诗,诗成进御,一一读之,优者赐金带。又御制曲百余首。幸诸臣私第为会,皆连昼夕,时谓之'迎驾',尽欢而罢"。圣宗出题赋诗,评优奖赏,自是与其本人精深的诗歌功底和浓厚的吟诗兴趣分不开。

辽统和元宝真隶体折十大铜钱孤罕

除品评臣下诗歌外,他还御笔亲挥,赐诗犒劳立有功勋之臣。统和十五年(997),敌烈部人叛乱,逃遁于西北荒漠,大将萧挞凛轻骑逐之,最终运用计谋,戡平叛乱,"上赐诗嘉奖"。在诗歌文化并不发达的辽代,以赐诗来表彰臣下,体现出圣宗对于诗歌的重视及其喜好。

辽人好乐天诗,圣宗尤是。其《题乐天诗佚句》云:"乐天诗集是吾师。""吾师"之称,源于圣宗对于诗歌政教功能及讽谏作用的重视。他应该非常欣赏白乐天的名句:"文章合为时而著,歌诗合为事而作。"反映到乐天诗集中,则是对白氏《讽谏集》独有偏爱,褒奖有加。辽圣宗以帝王身份,亲自将《讽谏集》翻译成契丹大字,诏诸臣诵读。对于白氏讽喻诗的推崇和倡导中,明显可见其政教色彩。这种充满政治意味的训诫,也体现于圣宗唯一传世之作——《传国玺》一诗中。其诗云:

> 一时制美宝,千载助兴王。
> 中原既失鹿,此宝归北方。
> 子孙宜慎守,世业当永昌。

传国玺,又称传国宝,据说为秦始皇所作,用蓝玉,螭纽,六面,正面刻着"受命于天,既寿永昌"八字,鱼鸟篆,秦亡之际,子婴将之呈于汉高祖。汉献帝失之,东吴孙坚得于井中,传至孙权,后归于魏。魏文帝以隶书于其肩际刻字,"在魏受汉传国之宝"。唐时更名为"受命宝"。后归石晋。会同九年(946),辽太宗耶律德光伐石晋,末帝石重贵表上传国宝一,金印三。自此,传国玺归辽,成为辽朝的镇国之宝。

诗歌紧紧围绕传国玺展开描写,表达了作者对于玉玺的咏赞和对子孙后代的诫示。一、二两句，指传国玺作为秦始皇时所制作的稀世珍宝，千百年来，一直兴助君王成就其霸业。三、四两句，指中原失鹿后，北方王朝的崛起，势压中原，传国玺也移归辽国。五、六两句，训诫子孙应慎守玉玺，可保契丹王朝世代永昌。

这首五言诗歌只有六句，既非成熟的古体诗，亦非合乎规则的近体诗。相比唐朝时期就已将格律规范化的近体诗，辽圣宗这首诗在艺术形式上稍显生糙。但很显然，其艺术成就亦并非一无是处。诗歌在前两句中运用对偶，两联相接，一顺而下，显得自然工稳，毫无刻意捏造之态。全诗语言质朴，不事铅华，包含着丰富的内蕴，透露出辽圣宗深厚的期待之情和谆谆教诲之意。

圣宗期望契丹王朝的子孙能够世世代代慎守传国玉玺，使其永为辽朝的镇国之宝，从而护佑契丹王朝世业永昌，国祚久远。他更是希冀后代子孙具备雄才大略，励精图治而大有作为，不仅要守住这块传国玺，更要守住契丹王朝的大好江山。然而，世事难料，历史的车轮滚滚向前，大约百年后，辽天祚帝保大二年（1122），传国玺遗于桑干河。保大五年（1125），天祚帝被金人俘获并被押送上京，辽国灭亡。回首看来，圣宗对子孙的告诫和期许，并未能引起后代的警觉醒悟、勤勉政事，也最终无法躲过遗失玉玺和王朝败亡的命运。这种告诫只是令后人多了些许感慨，正可谓是：

桑干遗玺云中乱，世业其如祖咏何？

辽金元诗

吾师如此过形外 弟子争能识浅深

——辽兴宗耶律宗真《以司空大师不肯赋诗,以诗挑之》

耶律宗真(1016—1055),字夷不堇,小字只
骨,圣宗长子。始封梁王,太平元年(1021)册为
皇太子,十一年(1031)六月,圣宗崩,继帝位,是
为辽兴宗。重熙二十四年(1055)病逝于秋山行
帐。

兴宗幼而聪明,长而魁伟,善骑射,好儒
学。《辽史》载:"九月癸巳,(兴宗)猎黄花山,获
熊三十六,赏猎人有差。""壬子,御元和殿,以
《日射三十六熊赋》《幸燕诗》试进士于廷,赐冯
立、赵徽四十九人进士第。"可见,兴宗不仅喜好

辽兴宗

校猎,勇武过人,也具备很高的汉文化修养和诗
赋水平。兴宗留传作品甚少,却留下了大量赋诗、赐诗、评诗的记载。由于兴宗
自身对于吟咏诗歌的强烈兴趣,他常常君臣酬酢,酒酣赋诗:

> 幸后弟萧无曲第,曲水流觞赋诗。
> 上酒酣赋诗,吴国王萧孝穆、北宰相萧撒八等属和,夜中乃罢。
> 召宋使钓鱼、赋诗。
> 遇胜日,帝与(萧韩家奴)饮酒赋诗,以相酬酢,君臣相得无比。

为进一步增进君臣关系,兴宗还用赐诗的形式对有功之臣表示褒奖及尊崇
之意:

> 帝幸礼部贡院及亲试进士,皆俟发之。进见不名,赐诗褒美。

赐南院大王耶律胡睹衮命,上亲为制诰词,并赐诗以宠之。

以皇太弟重元生子,赐诗及宝玩器物,曲赦死罪以下。

兴宗赐诗耶律仁先:"自古贤臣耳所闻,今来良佐眼亲见。"

(萧惠)每生日,辄赐诗示以尊宠。

兴宗不仅吟酒赋诗、赐诗臣下,而且请他人赋,进而评诗品诗:

兴宗评聂冠卿诗集:"尝观所著《蕲春集》词林清玩。"命冠卿赋诗,礼遇特厚。

宋翰林学士赵概聘契丹,契丹主(兴宗)请赋《信誓如山河诗》。诗成,亲酌玉杯以劝,且以素扇授近臣刘六符写概诗,置之怀袖。

除钟情于诗赋之外,兴宗还笃信佛教。早在契丹王朝建国初期,统治者就致力于引进和推广佛教,佛教开始兴盛之后逐渐出现僧尼过滥现象,圣宗时期曾一度下令禁止"滥度"僧尼,但对佛教本身仍抱以支持宽容的态度。至兴宗时期,佛教达到极盛。兴宗本人佞佛,曾入佛寺受戒,亦能宣讲佛经。由于君主信奉浮屠,朝廷在举行祭天这样重大的仪式时,也依照佛门戒杀生的清规而不杀牲畜。受其影响,朝中重臣权贵亦纷纷拜倒佛教门下。《契丹国志》记载,辽兴宗"尤重浮屠法,僧有正拜三公、三师兼政事令者,凡二十人。贵戚望族化之,多舍

《新赎大藏经建立香幢记》刻石拓本(局部)

男女为僧尼,如王纲、姚景熙、冯立辈,皆道流中人,曾遇帝于微行,后皆任显官"。这一时期,大小寺院遍布境内,学僧辈出,亦编撰出很多佛教著述。弥足珍贵的是正式刻印于兴宗重熙年间的大藏经——《契丹藏》。它是一部卷帙浩繁的佛教文化经典,共有1373部6006卷,分为579帙。它的刻印与流传成为辽朝中晚期文化和宗教领域内具有里程碑意义的事件。

兴宗的赋诗喜好及佞佛思想,孕育出了这首存世之作《以司空大师不肯赋诗,以诗挑之》:

> 为避绮吟不肯吟,既吟何必昧真心。
> 吾师如此过形外,弟子争能识浅深。

司空大师,俗名郎思孝,早年举进士第,历任郡县长官。后削发披缁,遁入佛门,居于辽东觉华岛海云寺,法号海山,有《海山集》。兴宗时对佛教甚为尊崇,海山亦受到隆遇。"自国主以下,亲王贵主,皆师事之。"赐号曰"崇禄大夫守司空辅国大师"。若奏上章表,只需署名,不必称臣。其享遇若此。一日,兴宗与海山对榻,因其不肯作诗,兴宗故作此诗以挑之。诗歌语言自然圆熟,灵动流畅,形式完全符合七绝的格律要求。从内容来看,兴宗呼海山为"吾师",自称"弟子",执弟子礼甚恭。封建王朝的最高统治者,如此谦虚诚恳地请教一位举过进士又厌弃尘世的僧人,可见其对佛教的崇佞及对高僧的极度礼遇。

海山见兴宗谦卑如是地求己赋诗,不得已作和诗二首,其诗云:

> 为愧荒疏不敢吟,不吟恐忤帝王心。
> 本吟出世不吟意,以此来批见过深。

> 天子天才已善吟,哪堪二相更同心。
> 直饶万国犹难敌,一智宁当三智深。

二诗中,海山自愧才学荒疏故不敢吟诗,而天子具天才之资,擅于吟咏,更有杜令公、刘侍中二相同心协力,其智直比佛家"三智"。这里,海山用屈膝之态和赞颂之语应和了兴宗的挑诗。值得一提的是,地位相差悬殊的帝王与僧侣,彼此结下了浓浓情谊并且关系融洽,善始善终。

时至金明昌元年（1190）二月，曾担任辽东路刑狱官的王寂得到了一本名为《海山集》的书，其作者正是高僧海山，即郎思孝。在王寂《辽东行部志》中，他将郎思孝的相关资料著录在册，让后人得以窥其一斑。尤为引人注目的是，书中对兴宗与海山的交往、对海山过人的才华给予了极高评价。王寂如是赞赏道：

　　详其始终，皇帝问询，礼如平交。非时有大过人者，安能使时君推慕如此？然亦千载一遇，岂偶然哉！

辽代壁画

碎剪金英吹不去　菊花填句两初飞

——辽道宗耶律洪基《题李俨黄菊赋》

耶律洪基(1032—1101),字涅邻,小字查剌,辽兴宗耶律宗真的长子。始封梁王,重熙十二年(1043)进封燕赵国王,总北南院枢密使事。二十一年(1052)领天下兵马大元帅;二十四年(1055)秋八月,兴宗崩,即皇帝位,是为道宗。辽朝倒数第二位皇帝,在位长达46年。总体而言,道宗继承了兴宗的佞佛思想及精湛的诗道技艺,并且佞佛的程度要远胜其父,诗道亦造诣甚高。

辽道宗

辽兴宗崇佞佛教,耶律洪基经常受兴宗之命召集高僧讲授佛经。法会道场空前兴盛,经声佛号响彻辽中。上至皇亲国戚、达官显贵,下至富商大贾、平民百姓都相效其风,趋之若鹜。这种空前的崇佛氛围及父亲的榜样作用,无疑对耶律洪基本人佞佛思想的形成有直接影响。在诵经木鱼声中长大的耶律洪基通晓佛理,熟谙梵经,许多经书都能倒背如流,特别是《华严经》,研读之余,还御制了《〈华严经〉赞》《〈华严经〉五颂》,出示群臣,颁行全国,让国人拜读。并在其所作的《戒勖释流偈》中,阐发对玄妙禅机的理解及毁相废行的劝诫:“欲学禅宗先趣圆,亦非著有离空边。如今毁相废修行,不久三涂在目前。”在兴宗荣宠高僧的濡染下,耶律洪基亦对名僧优渥有加。海山法师,兴宗赐号为崇禄大夫守司空辅国大师,并因海山不肯作诗而作《以司空大师不肯赋诗,以诗挑之》篇,以国师事之,自称“弟子”。道宗时期,法均大师名声显赫。他遍行国内,据言其受忏称弟子的人数达到五百余万,道宗对于这样的高僧自是急求一见,待以师徒之礼,后特授荣禄大夫守司空并加赐传戒大师之号。今尚存有道宗给法均大师的赐诗断句:“行高峰顶松千尺,戒净天心月一轮。”

辽金元诗

在辽朝诸帝中，道宗最精于诗道，受汉文化濡染颇深，工书能文，尤喜诗赋。清宁六年（1060），监修国史耶律白奏请编御制诗文，曰《清宁集》，道宗命白为之作序。同时，道宗将耶律白的诗集命名为《庆会集》，并亲自制序赐之。可惜《清宁集》已佚，流传至今的多数只是道宗御制诗文或命臣同赋的相关记

清宁元宝

载。如清宁二年（1056）御制《放鹰赋》并赐群臣，次年以《君臣同志华夷同风诗》进皇太后。曾以兴宗在时生辰之日宴群臣，命各赋诗；皇太后射获虎后大宴众臣，亦命各赋诗。道宗的诗歌大都亡佚，完整的存诗唯有一首《题李俨黄菊赋》：

> 昨日得卿黄菊赋，碎剪金英填作句。
> 袖中犹觉有余香，冷落秋风吹不去。

李俨（？—1113），字若思，析津（今北京西南）人。因其父李仲禧于清宁六年（1060）赐姓耶律，故又名耶律俨。咸雍间登进士第，勤敏好学，仪观秀整，颇得道宗恩宠。以文学侍从起家，后位至国相，擅宠长达数十年。李俨将所作《菊花赋》进献后，道宗甚喜，次日作了这首绝句赐之，赞赏之情可谓溢于言表。从艺术表现来看，作者将《菊花赋》与菊花这一意象融为一体，意境空灵含蓄，言有尽而意无穷。表达赞许之意，未用直白浅露的语言，而以菊花犹有余香的描述，传神地体现出李赋的佳词妙句，格调高远，余韵悠长。

辽金元诗

刻有契丹文字的精美石印

李俨的后人李处能曾对宋朝的刘远称，"本朝道宗皇帝好文，先人昔荷宠异。尝于九日进《菊花赋》，次日赐诗批答一绝句云……"九日进赋，次日批答，可见道宗的赐诗亦并未经历"吟安一个字，捻断数茎须"的冥思苦想，显示出道宗本人精湛的诗学修养。"袖有余香"，这首独具味外之旨的诗歌经历脍炙人口的

流传,至元代张继孟檃括其辞,转换成了声情并茂的词作《蝶恋花》:

> 昨日得卿《黄菊赋》,细剪金英,题作多情句。冷落西风次不去,袖中犹有余香度。　沧海尘生秋日暮,玉砌雕阑,木叶鸣疏雨。江总白头心更苦,素琴犹写幽兰谱。

优秀的诗歌可以广为流传,然而,王朝的兴衰成败与帝王的诗赋才华并不相关。在道宗这里,辽王朝的命运却是与其笃信浮屠,广度僧尼息息相关。这位兴学习儒、精于诗道的皇帝,因对佛教的过度迷信而深陷其中。帝王尊崇导致的佛道盛行,使得辽王朝产生了庞大的僧尼阶层,他们养尊处优,不劳而食,最终在王朝的逐渐衰亡过程中又助其一臂之力。还在即帝位之前,道宗曾到南京开泰寺铸银佛像,并于银佛背铭曰:"白银千两,铸二佛像。威武庄严,慈心法相。保我辽国,万世永享。"祷告佛祖护佑大辽,福祀永享,其祈愿之心不可谓不诚。但这种祈祷并未如愿,因为他将契丹王朝的万世基业建立在了崇佞佛教、祈佛庇佑的基础之上。面对复杂紊乱的社会局面,他并未能在统治时期励精图治,反而昏庸无能,忠奸莫辨,"一岁而饭僧三十六万,一日而祝发三千",群邪谗巧竞进与佞佛的风气最终导致了皇基浸危。"保我辽国,万世永享"的祷告也只是永刻在了银佛之背上。这让我们想起,道宗的祖父圣宗在其《传国玺诗》中曾有这样的期望:"子孙宜慎守,世业当永昌。"可惜,传国玺最终未能承担起"世业永昌"的使命,佛祖亦未能庇佑辽王朝"万世永享"。

辽金元诗

故事里的辽诗

后妃之德　萧氏良谏

辽代诗歌中,最为特殊甚至可以说成就最高的诗篇,要数萧观音、萧瑟瑟这两位身处宫廷的后妃之作。萧观音的《伏虎林应制》《怀古》《绝命词》,萧瑟瑟的《咏史》诸作,或展现契丹民族英勇雄武的民族豪情,或表露诗人缠绵委婉的女性本色,震撼人心,叹为观止,堪称辽诗的精华,"巾帼压倒须眉"之语足以当之。如此才气横溢的两位契丹女诗人,却均未躲过被"赐死"的悲惨结局,风华正茂就含冤而逝,更让后人增添了无数感慨与悲思。

洗妆楼傍旧莲池　金缕香残谱十眉

——萧观音及其相关诗作

　　萧观音（1040—1075），辽道宗耶律洪基的懿德皇后，枢密使萧惠之女。辽兴宗重熙年间，道宗被封为燕赵国王时，纳观音为妃。道宗即位后，册为皇后。据传，萧观音在受册之时，忽然有一段白练自天而降，上书"三十六"三字。观音惊问："这是何缘故？"下属有聪敏者对曰："此乃天书，意谓统领三十六宫。"观音听后甚喜。

　　萧观音姿容冠绝，工于诗文，能歌诗弹筝，尤善琵琶，因此深得道宗皇帝的宠幸。清宁二年（1056），道

萧观音

宗射猎秋山，后率嫔妃从行，至伏虎林，命后应制赋诗，时年17岁的萧观音应声吟出：

辽金元诗

> 威风万里压南邦，东去能翻鸭绿江。
> 灵怪大千俱破胆，那教猛虎不投降。

　　这首《伏虎林应制》以粗犷的风格、雄强的气势、奇特的想象展露出了契丹民族傲视群雄的气概和辽王朝的盛世国威。民族的威风横扫万里，压制着地处南面的北宋王朝；向东而去，倒海翻江，高丽国亦难逃征服。神灵鬼怪，大千世界之物都被吓得肝破胆裂，更别提一只猛虎，一定会乖乖投降。如此豪健奔放的诗歌出自女性之手，大有巾帼压倒须眉之势。道宗至伏虎林时命赋诗，亦自有其意。还在辽景宗时，原本有虎盘踞此林，时常伤害百姓和畜牧。景宗领数骑射猎，虎伏于草际而不敢仰视，因此命之为伏虎林。道宗命萧观音赋诗之意，在于体现契丹民族的雄豪之情和降龙伏虎之气概，而诗歌更进一步透露出强烈的政

治意识,将南邦东邻都置于辽朝的万里威风之下,道宗闻之自是大喜。他将诗宣示群臣,赞道:"皇后真可谓是女中才子!"赋诗的第二日,道宗射猎途中遇虎,对左右说:"朕要射得此虎,才不愧皇后昨日之诗。"一发而毙,群臣皆呼万岁。

清宁三年(1057),道宗作《君臣同志华夷同风》一诗,并进呈皇太后。萧观音有和作《君臣同志华夷同风应制》:

> 虞廷开盛轨,王会合奇琛。
>
> 到处承天意,皆同捧日心。
>
> 文章通谷蠡,声教薄鸡林。
>
> 大寓有交泰,应知无古今。

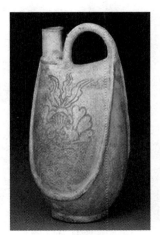

辽金元诗

诗歌从虞舜时代起笔,用传说中的圣朝暗喻当日辽国的盛世气象。辽王朝奇琛在握,平定漠北,南国来朝,呈现出一派隆盛之音,这一切都是秉承天意。上承天意,下应民心,臣民亦对朝廷忠心耿耿。文化繁荣昌盛,威名四海远播,天人合一,万物通泰。此诗在对辽王朝及道宗如此盛赞的溢美之词中,透露出了契丹人在政治文化方面的民族自信。诗歌并不认可中原地区长期以来对于少数民族的轻蔑与歧视,认为华夷同风,并没有高下之分。在"华夷之辨"的问题上,道宗亦有相同的看法,他曾言:"吾修文物,彬彬不异中华。"

辽代瓷器

如此天赋丽质、才华横溢又善解人意的皇后萧观音,自然会受到道宗的特别宠幸。在这一时期,出于对朝政的关注,以及道宗耽于驰猎恐身遇不测之祸的忧虑,萧观音仿效唐太宗妃徐惠上疏劝谏的后妃之德,曾向道宗呈上《谏猎疏》:

> 妾闻穆王远驾,周德用衰,太康佚豫,夏社几屋,此游佃之往戒,帝王之龟鉴也。顷见驾幸秋山,不闲六御,特以单骑纵禽,深入不测。此虽威神所届,万灵自为拥护,傥有绝群之兽,果如东方所言,则沟中之豕,必败于简子之驾矣。妾虽愚闇,窃为社稷忧之。惟陛下尊老氏驰

骋之戒,用汉文吉行之旨。不以其言为牝鸡之晨而纳之。

道宗沉溺于狩猎,据载,其在位46年期间,出猎次数竟多达两百余次。萧观音的上谏自然是有感而发,有的放矢。这种理昭意殷、苦口婆心的规劝,道宗表面嘉纳,但事实上并未能打消他单骑驰骋、深入不测的狩猎念头,久而久之,反而疏远和冷遇了观音,多时不曾"幸御"。萧观音孤独寂寞,心怀幽怨,又盼望道宗能够回心转意,夫妻重修旧好,于是作《回心院》十首:

扫深殿,闭久金铺暗。游丝络网尘作堆,积岁青苔厚阶面。扫深殿,待君宴。

拂象床,凭梦借高唐。敲坏半边知妾卧,恰当天处少辉光。拂象床,待君王。

换香枕,一半无云锦。为使秋来展转多,更有双双泪痕渗。换香枕,待君寝。

铺绣被,羞杀鸳鸯对。犹忆当时叫合欢,而今独覆相思块。铺翠被,待君睡。

装绣帐,金钩未敢上。解却四角夜光珠,不教照见愁模样。装绣帐,待君贶。

叠锦茵,重重空自陈。只愿身当白玉体,不愿伊当薄命人。叠锦茵,待君临。

展瑶席,花笑三韩碧。笑妾新铺玉一床,从来妇欢不终夕。展瑶席,待君息。

剔银灯,须知一样明。偏是君来生彩晕,对妾故作青荧荧。剔银灯,待君行。

爇薰炉,能将孤闷苏。若道妾身多秽贱,自沾御香香彻肤。爇薰炉,待君娱。

张鸣筝,恰恰语娇莺。一从弹作房中曲,常和窗前风雨声。张鸣筝,待君听。

"回心院"之名,亦有寓意。唐玄宗时,梅妃失宠,自命其宫院为"回心院",以期盼君王能够回心转意。观音之作自然也有仿效梅妃的用意。作品婉约缠绵,深情含蓄,通过写宫室的华美富丽映衬诗人独守空闺的黯然心境。女主人公扫殿、拂床、换枕、铺被、装帐、叠茵、展席、剔灯、爇炉、张筝等一系列动作描写,表达出诗人的哀怨凄苦和对君王的殷勤期盼。诗歌运用联章体的艺术形式,回环往复,一唱三叹,将怨而不怒的一片痴情表现得淋漓尽致。况周颐《蕙风词话》作如是评:"音节入古,香艳入骨,自是《花间》之遗。"

萧观音

《回心院》作成后,宫中诸伶官中,只有赵惟一能弹奏此曲。因此赵惟一得以常伴萧后左右,弹曲散闷,以度空虚时日。殊不知,这种与伶官赋诗唱曲的情景却给萧后带来了杀身之祸。当时,大臣耶律乙辛深得道宗的宠遇,位至宰相,权倾朝野,群臣皆惧其淫威而依附之,独萧后与太子耶律浚敢于直面抗争。萧后之父萧惠名望甚著,太子浚"好学知书","法度修明",俨然成为耶律乙辛擅权的最大障碍。正在阴谋如何方能铲除障碍的耶律乙辛,听闻赵惟一给萧后奏曲解闷的事,立即计上心来。他决定制造出皇后与赵惟一私通的"证据",以达其不可告人的目的。于是先命人作了淫艳之作《十香词》,再暗中指使衔恨于萧后的宫女单登,让她骗取萧后的手书。萧后善书法,单登骗说:"《十香词》是宋朝皇后所作,若能得到您的手书,便称二绝。"蒙在鼓中的萧后不假思索,即手书一纸,并于纸尾又书自己所作《怀古》一绝。诗云:

> 宫中只数赵家妆,败雨残云误汉王。
>
> 惟有知情一片月,曾窥飞燕入昭阳。

萧后此诗的本意,实是对于赵飞燕、赵合德姊妹蛊惑成帝,扰乱朝政的作为表示针砭。耶律乙辛得其手迹,见其题诗后更是大喜,遂杜撰状词,以《十香词》与《怀古》诗为"证据",让单登与教坊朱顶鹤诬告萧后与赵惟一私通。辽道宗闻讯后勃然大怒,亟命耶律乙辛与张孝杰彻查此事。赵惟一在严刑逼供下只得屈打成招,但道宗对于此事原委仍半信半疑,如何处理也还犹豫不决。朱孝杰又

箫观音

念往者豪華龍迟裏门纷披 班悲愤柏陳于言思素射出

萧观音

拿《怀古》诗进曰："'宫中只数赵家妆','惟有知情一片月',二句之中正好包含'赵惟一'三字,是为皇后写给赵惟一的铁证。"听闻此语的道宗已被愤怒冲昏了头脑,无暇念及诗句的偶然巧合和耶律乙辛借此铲除异己的卑鄙阴谋,其意遂决,赐后自尽。

临终之前,萧观音乞求再见辽道宗最后一面,未得到允许。绝望之下,她以极度悲愤的心情作了这首血泪写就的《绝命词》:

嗟薄祜兮多幸,羌作俪兮皇家。

承昊穹兮下覆,近日月兮分华。

托后钩兮凝位,忽前星兮启耀。

虽蚍累兮黄床,庶无罪兮宗庙。

欲贯鱼兮上进,乘阳德兮天飞。

岂祸生兮无朕,蒙秽恶兮宫闱。

将剖心兮自陈,冀回照兮白日。

宁庶女兮多惭,遏飞霜兮下击。

顾子女兮哀顿,对左右兮摧伤。

其西曜兮将坠,忽吾去兮椒房。

呼天地兮惨悴,恨今古兮安极?

知吾生兮必死,又焉爱兮旦夕?

　　在生命即将结束的最后时刻,对于外事外物已经无所顾忌,萧观音剖心自陈,慷慨刚烈,自言"无罪兮宗庙",却致宫闱蒙秽,遭受不白冤屈。诗的后半部分,她的怨愤之情更是喷薄而发。"呼天地兮惨悴,恨今古兮安极?"呼天抢地之中,恨意无极。这种悲痛异常却又无可奈何的泣诉,尤震撼人心,荡气回肠。诗歌用适于表现凄楚悲愤之情的骚体形式写就,更显得哀怆惨淡,不忍卒读。

　　作完这首最为动人心弦的《绝命词》,萧观音遂以白练自尽,终年36岁。

　　回顾萧观音一生,因仿效唐太宗徐贤妃而呈《谏猎疏》,却因此被辽道宗疏远;仿效唐玄宗梅妃而作《回心院》,未能唤回道宗之心,又将独能弹奏此曲的伶官赵惟一牵扯其中;仿效"宋朝皇后"之词而手抄之,抄出了杀身之祸。

遥想年仅16岁的萧观音受册之际,尚为能统领三十六宫而暗自欣喜,孰料白练之上的"三十六"三字,实寓意着一场人生悲剧。

才华绝代的萧后,最终未能躲过朝廷内残酷激烈的权力纷争,含冤蒙诟而死,留待后人追思吟咏,扼腕叹息!后世追念萧观音的诗词甚多,兹录清代著名词人纳兰性德的《于中好·咏史》附于此,以寄托我们的追思与慨叹:

> 马上吟成鸭绿江,天将间气付闺房。生憎久闭金铺暗,花笑三韩玉一床。 添哽咽,足凄凉。谁教生得满身香?至今青海乒年月,犹为萧家照断肠。

梳髡发、穿圆领袍的契丹族贵族

辽金元诗

瑟瑟伤时悯直臣　燕云夕枕暗红尘

——萧瑟瑟《咏史》

　　萧瑟瑟（？—1121），辽天祚帝耶律延禧的文妃,渤海（今属河北）人,国舅大父房之女。她自幼聪慧娴雅,工于文墨,善作诗赋。某日,新登皇位的天祚帝至大臣耶律挞葛里家赴宴,巧遇正来姐姐家游玩的瑟瑟,一见倾心,当即将瑟瑟带入宫中,因未有正式名分而藏匿数月。之后在皇太叔和鲁斡的劝谏和策划下,最终以礼选纳。乾统三年（1103）,正式册立为文妃。生蜀国公主,晋王敖卢斡,尤受天祚帝的宠幸。

　　道宗寿昌七年（1101）,在祖父耶律洪基病逝后,27岁的耶律延禧受遗诏继承了皇位,是为天祚帝。即位之初,辽王朝已经基业可危,北宋和西夏政权虎视眈眈,国内东北部的女真部落也开始危及辽政权。在内忧外患不断的艰难时势

辽助国通宝隶篆书折三宫廷赏赐银钱孤罕

辽金元诗

下,延禧本应励精图治,选贤任能,迎难而上,但他似乎从未顾及自身背负的艰巨使命,也从未察觉到这个尚在苟延残喘的王朝即将结束在自己的手中。他整日不思振作,畋猎游宴,亲近奸佞,导致纲纪废弛,国难日剧。在天祚帝日复一日地享受着穷奢极侈的帝王生活时,国内外的矛盾斗争已开始急剧恶化。乾统二年（1102）,兴起于东北的女真族已有轻视朝廷之心,并在短时期内迅速发展为辽王朝的巨大威胁。朝廷最初亦有所警惕,可佞臣萧奉先向天祚帝建言:"陛下不必忧虑。就算完颜阿骨打真有异志,一个小小部落,又能有什么作为!"天祚帝信以为真,错过了铲除动乱的最佳时机,埋下了祸端。到了天庆四年（1114）,完颜阿骨打的部队一路势如破竹,已经攻占至辽之东京（今辽宁辽阳）附近,而天祚帝仍整日耽于游猎。面临女真族的大兵压境,他也命萧奉先之弟及萧挞不也等人领兵征讨,却因诸将士皆存"战则有死而无功,退则有生而无

罪"的念头,最终大败于敌兵。四五年后,完颜阿骨打兵势益壮,攻克城池甚多,对辽政权构成了极大威胁。时至王朝存亡之际,按捺不住的耶律延禧仓促发动了一场"亲征",也以失败告终。天庆八年(1118),已经占领了辽王朝半壁江山的阿骨打,向耶律延禧提出了非常苛刻的约和前提:"归我上中京、兴中府三路州县,以亲王、公主、驸马、大臣子孙为质"等。结盟不成,胜利无望,此时的天祚帝已对边患束手无策,再无恋战之心,只想找个"不失一生富贵"的地方,继续其享乐生活。

国难当头,文妃萧瑟瑟眼看辽王朝皇基寝危,天祚帝又不恤国事,畋猎无度,她忧国伤时,作《讽谏歌》进谏天祚帝。诗云:

> 勿嗟塞上兮暗红尘,勿伤多难兮畏夷人。
> 不如塞奸邪之路兮,选取贤臣。
> 直须卧薪尝胆兮,激壮士之捐身。
> 可以朝清漠北兮,夕枕燕云。

面临当前的危难局势,瑟瑟有感而发,诗作内容切中时弊,体现出其敏锐的政治卓识和饱满的斗争精神。她规劝天祚帝,不要因边塞上的滚滚烽烟而忧伤嗟叹,更不要因时艰多难而畏惧敌人。应选用贤能之臣,摒塞奸邪之徒。励精图治,重振朝纲,以卧薪尝胆的气魄,救社稷于累卵之中。诗歌言辞恳切,不避权贵,情感炽热而至诚。

这一时期,天祚帝的元妃之兄萧奉先,位至时相,平日里擅权专政,飞扬跋扈。当女真部落一路进逼,国势危急之际,他却只会谎报军情,逢迎自视为"太平天子"的天祚帝。萧瑟瑟痛感时势,不禁激愤难平,作讽喻诗《咏史》:

> 丞相来朝兮剑佩鸣,千官侧目兮寂无声。
> 养成外患兮嗟何及,祸及忠臣兮罚不明。
> 亲戚并居兮藩屏位,私门潜畜兮爪牙兵。
> 可怜往代兮秦天子,犹向宫中兮望太平。

诗人借秦二世时宰相赵高权倾朝野,终至亡国的史实,借古讽今,将矛头直指当时的权相萧奉先。斥责其一系列罪状,养成边患,忠臣遇祸,赏罚不明,亲戚多居高位，私畜爪牙。佞臣是如此地擅权误国，而秦二世一样的天子，犹在深宫中盼望太平。诗作的字里行间充满着郁愤不平之气，词锋也极为犀利。诗人直言不讳的勇气显得异常可贵，但发自肺腑的讽谏，并未能赢得天祚帝的重视，反遭"见而衔之"，记恨于瑟瑟。

天祚帝"见而衔之"，萧奉先更是对瑟瑟恨之入骨。再加上朝廷内部的皇权争斗，萧奉先决意伺机将文妃及其子晋王一并加害。天祚帝生有六子，其中秦王和许王为萧奉先之妹元妃所生，晋王敖卢斡为文妃所生。史载晋王"中外称其长者"，"深所属望"，太子之位非其莫属。萧奉先及元妃深惧之，暗中商量如何趁早加害于文妃母子。时机终于来了，保大元年（1121），一日，文妃与其姐妹、姐夫耶律挞葛里、妹夫耶律余睹"俱会军前"，叙谈姐妹情意，却被萧奉先诸人诬告耶律余睹等企图发动政变，拥立晋王为帝，萧瑟瑟也参与其谋。天祚帝闻讯后大怒，不详加审查而信以为真，当即下令捕杀挞葛里、余睹等人，文妃也以"与闻"谋反的罪名，最终被"赐死"。之后不久，更是在萧奉先的谗言蛊惑下，天祚帝亲自逼死了晋王敖卢斡。

天保五年（1125），曾经威风万里、不可一世的辽王朝在女真部落的铁骑践踏下，终于丧尽元气，国祚废绝了。萧瑟瑟的劝谏诗，天祚帝在国破家亡后方深悟之，惜悔之晚矣。一代才女萧瑟瑟，亦未能躲过祖母萧观音含冤而死的悲剧命运，千年之下令人感慨动容。清人谢蕴山作诗吟咏感怀：

辽金元诗

瑟瑟伤时悯直臣，燕云夕枕暗红尘。

白头宫监谈遗事，怨气难销废苑春。

故事里的辽诗

释子情怀　汉人佳构

辽代诗歌与佛教的关系极为密切,寺僧的诗歌创作甚多。其中,寺公大师的名篇《醉义歌》有着不可替代的特殊价值。它不仅是契丹民族诗人运用契丹语创作的成果,是现存辽诗中篇幅最长的诗作,更是从思想内涵、艺术成就到精神世界层面皆不同凡俗的佳作。而僧智化首唱的26首《玉石观音唱和诗》也在不满百首的辽诗中占据着重要地位。毋庸讳言的是,辽时的汉人创作陷入低谷,成就有限,赵良嗣《上京》诗篇堪称其中为数不多的良作。

辽金元诗

· 027 ·

请君举盏无言他　与君却唱《醉义歌》
——寺公大师《醉义歌》

　　《醉义歌》,寺公大师所作,为辽王朝流传至今最长的一首抒情诗,可谓契丹文学中的一朵奇葩。它最早见于金末元初大诗人耶律楚材的《湛然居士文集》之中。耶律楚材(1190—1244),字晋卿,为契丹皇族后裔,东丹王耶律倍的八世孙。在《醉义歌序》中,耶律楚材说此诗本为寺公大师用契丹语所作,楚材的父亲耶律履曾经译为汉文。可惜在楚材三岁时,父亲就早逝了,遗恨这篇译作也未得一见。直到耶律楚材跟随蒙古军西征,在西域遇到西辽前郡王李世昌,于是跟随李公学习契丹大、小字,期岁颇习,方得重译此歌。今日所见《醉义歌》,即耶律楚材根据寺公大师契丹文所写诗歌的翻译之作。

耶律楚材《湛然居士集》

　　寺公大师,生平不详。《醉义歌序》提及,他是辽朝一时豪俊之士,贤而能文,尤长于歌诗,诗作旨趣高远,不类世间语。耶律楚材对寺公大师的评价甚高,说大师"可与苏、黄并驱争先"。寺公大师,并非真名,只是对禅师的尊称,"寺"是其法号中的一个字。通过诗中"病窜""天涯三载""斥逐"等字词,我们猜测,写这首诗时作者已遭贬逐,生活失意潦倒,可能尚未遁入佛门。

　　被耶律楚材誉为"寺公之绝唱"的《醉义歌》,是一首七言歌行体长诗,全诗达一百二十二句,共八百四十二字。根据《醉义歌》的思想内涵,诗歌大致可分为四节。第一节云:

晓来雨霁日苍凉,枕帏摇曳西风香。

困眠未足正展转，儿童来报今重阳。

吟貌苍苍浑塞色，客怀衮衮皆吾乡。

敛衾默坐思往事，天涯三载空悲伤。

正是幽人叹幽独，东邻携酒来茅屋。

怜予病窜伶仃愁，自言新酿秋泉曲。

凌晨未盥三两卮，旋酌连斟折栏菊。

我本清癯酒户低，羁怀开拓何其速。

愁肠解结千万重，高谈几笑吟秋风。

遥望无何风色好，飘飘渐远尘寰中。

渊明笑问斥逐事，谪仙遥指华胥宫。

华胥咫尺尚未及，人间万事纷纷空。

一器才空开一器，宿醒未解人先醉。

携棋挈榼近花前，折花顾影聊相戏。

生平岂无同道徒，海角天涯我遐弃。

此节写诗人在重阳佳节之际，客居天涯空悲伤，幸有东邻携酒前来，两人遂旋酌连斟，开怀畅饮。诗歌从秋高气爽西风香的时节写起，百无聊赖的诗人正辗转懒卧，忽有儿童来报今日重阳。至此笔锋忽转，诗人已睡意全无，敛衾默坐，不仅客怀衮衮，悲从中来。东邻怜惜诗人"病窜"孤独，自携新酿的美酒前来慰解。三杯两盏淡酒，解开了诗人的万重愁肠，得以在醉乡中暂时忘却尘世的纷扰烦恼。诗人独居异乡又愁病交加，仍不失其高洁独立的志趣与襟怀。将东邻比作"渊明"，自拟"谪仙""幽人"，凌晨"折栏菊"，传统诗歌中这些包含独特审美意蕴的字词的运用，流露出诗人不同流俗、洁身自好的情趣。"华胥咫尺尚未及，人间万事纷纷空"，借佛家空观，"人生如梦"的思想来释怀'天涯三载'的悲伤。

辽金元诗

诗歌第二节云：

我爱南村农丈人，山溪幽隐潜修真。

老病尤耽黑甜味，古风清远途犹迍。

喧嚣避遁岩路僻，幽闲放旷云泉滨。

旋舂新黍爨香饭，一樽浊酒呼予频。

欣然命驾匆匆去，漠漠霜天行古路。

穿村迤逦入中门，老幼仓忙不宁处。

丈人迎立瓦杯寒，老母自供山果醋。

扶携齐唱雅声清，酬酢温语如甘澍。

谓予绿鬓犹可需，谢渠黄发勤相谕。

随分穷秋摇酒卮，席边篱畔花无数。

巨觞深斝新词催，闲诗古语玄关开。

开杯属酒谢予意，村家不弃来相陪。

适遇今年东鄙阜，黍稷馨香栖畎亩。

相进斗酒不浃旬，爱君萧散真良友。

我酬一语白丈人，解译羁愁感黄耉。

此节写诗人对于"农丈人"相邀斗酒的感激之情以及"南村"民风淳朴的赞叹之意。上节中东邻携酒来，不禁让诗人回忆起"南村老丈人"与其酬酢温语，开怀嘱酒的畅饮经历。这位被诗人称为"良友"的"农丈人"，在其观念中，是萧散旷达的隐逸之士与憨实朴实的农家老翁的相互融合。诗中的"农丈人"避遁了喧嚣之地，与山溪云泉为伴，潜行修真，幽闲放旷，直似一幅渊明式的隐士躬耕景象；而"丈人迎立瓦杯寒，老母自供山果醋"，"穿村迤逦入中门，老幼仓忙不宁处"的形象描写，又给人一种"丈人"朴实而诚挚，村民激动又好客的真切感受。

诗歌第三节云：

请君举盏无言他，与君却唱《醉义歌》。

风云不与世荣别，石火又异人生何。

荣利傥来岂苟得，穷通夙定徒奔波。

梁冀跋扈德何在，仲尼削迹名终多。

古来此事元如是，毕竟思量何怪此。

争如终日且开樽，驾酒乘杯醉乡里。

醉中佳趣欲告君，至乐无形难说似。

泰山载研为深杯，长河酿酒斟酌之。

迷人愁客世无数，呼来稻耳充罚卮。

一杯愁思初消铄，两盏迷魂成勿药。

尔后连浇三五卮，千愁万恨风蓬落。

胸中渐得春气和，腮边不觉衰颜却。

四时为驭驰太虚，二曜为轮辗空廓。

须臾纵辔入无何，自然汝我融真乐。

陶陶一任玉山颓，藉地为茵天作幕。

此节写醉乡中驾酒乘杯，至乐无形，妙处难与君说。诗人劝诫道：尘世之中的荣华，如同那风云一般，最终飘散而去；人生苦短，如电光石火，转瞬即逝。穷通早已定定，只是众人心有不甘而徒劳奔波。不若举觞取醉，以泰山为杯，用长河酿酒，将人世间无数穷愁之客邀来共饮，"与尔同销万古愁"，"大庇天下寒士俱欢颜"。此节诗歌中，"风云不与世荣别，石火又异人生何"，以人生虚幻无

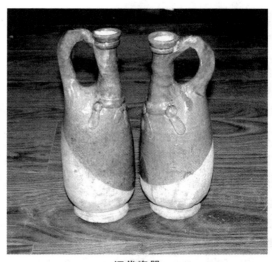

辽代瓷器

常，犹电光石火的佛家思想来观照生命；"梁冀跋扈德何在，仲尼削迹名终多"，体现出的又是诗人对儒家思想中"德"与"名"的终难忘怀。

第四节云：

辽金元诗

丈人我语真非真，真兮此外何足云。

丈人我语君听否？听则利名何足有。

问君何事徒劬劳，此何为卑彼岂高。

蜃楼日出寻变灭，云峰风起难坚牢。

芥纳须弥亦闲事，谁知大海吞鸿毛。

梦里蝴蝶勿云假，庄周觉亦非真者。

以指喻指指成虚，马喻马兮马非马。

天地犹一马，万物一指同。

胡为一指分彼此，胡为一马奔西东。

人之富贵我富贵，我之贫困非予穷。

三界唯心更无物，世中物我成融通。

君不见千年之松化仙客，节妇登山身变石。

木魂石质既我同，有情于我何瑕隙。

自料吾身非我身，电光兴废重相隔。

农丈人，千头万绪几时休，

举觞酩酊忘形迹。

此节写世人徒劳奔波的荣利就如那海市蜃楼，似峰云形，须臾之间即变幻破灭，而一切事物无所谓贵贱大小。诗人从庄子"齐物"思想出发，秉持"天地与我并生，万物与我为一"的人生境界，"我既不异于物，物复焉异于我"。诗人运用"庄周梦蝶"等寓言，将物我融通，天地一马，万物一指，借庄子"齐物论"来消除世间万物的差异，以获得诗人自身对痛苦人生的超越和心灵世界的自由。同时，"芥纳须弥亦闲事""三界唯心更无物""电光兴废重相隔"等佛教语言巧妙地融入庄子的"齐物"思想。

辽墓壁画

通观整首《醉义歌》，诗人借用新颖奇特的想象，磅礴恣肆的气势，高昂豪放的曲调，将契丹民族的独特文化与中原汉文化融合统一，融儒、释、道思想于一炉，通过形象可感的优美意象来抒发作者对人生哲理的深切感慨，以求得自我安慰和无奈的超脱情怀。《醉义歌》结构深细缜密，语言流畅生动，文采斑然，意境融彻。在诗歌艺术方面，《醉义歌》已相当成熟，甚至可以说它代表着辽诗的最高艺术成就。

　　辽朝建国之初,契丹民族尚未创制出自己的文字,文化水平极为落后。两百年间,辽人通过对汉文化的学习和熔铸,已经能够写出思想内涵、艺术成就与精神世界等方面皆称佳构的《醉义歌》,令人刮目相看。我们不禁疑问,如此优秀的契丹语作品,历史上是否还有其他诗人诗作存在过? 今人陈述在《全辽文》中如此评价《醉义歌》:"旨义精美,想见契丹一代以其国书撰造者,亦多斐然之作。"

辽代壁画

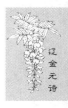

如来变相玉观音　文馆公卿答梵吟
——僧智化《玉石观音诗》及其唱和诗

辽道宗寿昌年间（1095—1101），中京道兴中府南的天庆寺（今辽宁省朝阳市凤凰山之下寺）外，有一块白石铺于道旁，来往行人任意践踏。时间一久，这块巨石也许是受到经声佛号的感召，逐渐颇具佛缘。这日，天庆寺高僧智化见之，觉其不同凡相，细究之下发现表面很平凡的白石实为一块宝玉，遂命人运回寺内，招募良工巧匠，打造成了玉石观音像。

辽代观音像

观音像立于天庆寺内，高七尺，围五尺二寸，端庄如月，威仪如山。其时，被道宗赐名崇禄大夫、检校太师行鸿胪卿、普门大师赐紫的沙门智化，首起唱诗，作《玉石观音诗》二首，以示庆贺。一时之间，和者甚多。僧侣门徒如沙门善知、性连、性鉴等参与其中；朝廷上下也引以为盛事，兵部尚书兼门下侍郎平章事郑若愚等二十余人皆有和诗。此次唱和活动，先后参与其事者凡25人，26首诗作，最终形成了一组《玉石观音像唱和诗》。寿昌五年（1099），唱和诗由"工于刻碑"的河内人马孟哥刻于石碑，碑文为天庆寺僧人性煦所书，"书颇古劲有法"。碑成后立于观音像旁。

这组名传一时的唱和诗歌中，僧智化首唱《玉石观音诗》两首：

见说曾为上马台，堪嗟当日太轻哉。

固将积岁旧凡石，又向斯辰刻圣胎。

月面浑从毗首出，山仪俨似普陀来。

愿同无用恒为用，不譬庄言木雁材。

方池波面蹴花台，瞻奉无非唱善哉。
外现熙怡慈作相，内含温润玉为胎。
刻雕数向生前就，接救专期没后来。
故我至诚无倒意，三年用尽两重材。

前诗主要咏雕刻观音像所用的玉石。诗人嗟叹道：这块巨石本有非凡之质，却在积岁累月里当作上马台，任人践踏，今日终于得以物尽其用。它刻造的观音佛像端丽庄严，栩栩如生，就如观音自普陀山亲临一般。曰此诗人感慨，且不可如庄周所言，处于材与不材之间以求全身避祸，而应化无用为有月，精心挑选有用之才。后诗主要刻画观音形象，表达诗人的无比虔诚之心。通过生前数次雕刻观音像，希冀在死后灵魂能够得到观音的接引，体现出浓厚的信徒思想。

智化首唱后，达官显贵、僧侣信徒等和者前后凡24人，共计24首和诗。这些诗歌在韵律上亦步亦趋，全用智化唱诗中的"胎"字韵写作而成。诗歌内容方面，众人多写玉石观音像雕刻落成后的欣喜之感，以及面对光彩端严的佛像时产生的景仰之情。稍加分析，内容基本大同小异的和作中，作者个人的落脚点也还是略显差异。

其中，有些诗歌主要抒发了玉石埋没民间，命途多舛的感叹，赞叹了玉石温润坚贞的独特品质。如下列诗作：

辽金元诗

观音神力不思议，举世归依颇异哉。
人各争奇金作像，工多衔巧木为胎。
积年弃石嗟谁顾，今日逢师入用来。
但蕴贞坚洁白德，宏材未见作遗材。

昔年避地别燕台，今日因人信美哉。
贞性果期成妙相，睟容元不降凡胎。
烧残灭劫无凋朽，拂尽铢衣任往来。
一像端严传万世，法门师匠肯遗材？

尘埋雨渍近楼台，久弃通衢亦命哉！
今日方成白玉像，昔年谁识紫金胎？
人存果验功须济，物极终知泰自来。
元是御碑当未建，四分材内一分材。

相见巍巍佛力裁，立承瞻奉亦时哉。
谁知韫玉贞顽质，自是观音应现胎。
天庆门前遗旧隐，补陀山内悟新来。
幽岩此石知多少，不遇知人是不材。

青松影畔昔为台，大器今方成就哉。
拂尽暗尘披素质，鉴开诸相见圣胎。
圆明独对灵殊现，温润常含宝玉来。
历劫定随宏誓在，吾师能辨不朽材。

枕道常为避暑台，偶然易质大惊哉！
镌成月面舒蟾魄，断就珠毫露蚌胎。
龙岳应缘期日往，凤都乘运出尘来。
若非英鉴能如此，千载湮沉谓不材。

上述六首诗歌，作者依次为赵庭睦（兵部尚书、兴中尹）、赵长敬（特进礼部尚书、参知政事）、曲正夫（乾文阁待制、史馆修撰）、李师范（守殿中少监知析津县事）、张墒（殿中丞直史馆）和性鉴（资讲僧）。

其中，赵庭睦在和诗中嗟叹"积年弃石"本为"宏材"，具有"贞坚洁白"的美好品德，却被人们遗忘于路衢。赵长敬和诗对玉石的不同凡胎、贞坚品性充满赞叹，"烧残灭劫无凋朽"，观音佛像可赖此玉石而"传万世"。曲正夫与李师范的和诗均有着哲理色彩。"物极终知泰自来"，否极泰来，尘埋雨渍、久弃通衢的凡石终于转身成了白

大辽国宝

玉佛像。"不遇知人是不材",含伯乐与千里马之意,贞顽之质也需精鉴之目。张峤和性鉴的和诗流露出对玉石"大器今方成就"的感慨和"偶然易质大惊"的惊叹。

有些诗歌从赞颂智化着笔,只有经智化这样的高人识辨,名师英鉴,玉石才能逃脱尘封淹埋的命运。如下列诗作:

> 文殊台对普贤台,饰宝涂金即众哉。
> 圣帝特镕银作像,高人又选玉成胎。
> 端严然自工镌出,光彩俱从星化来。
> 因此道圆功德就,给孤园内一全材。

> 贞珉未用似湮埋,选造观音众快哉。
> 募匠俄镌大士像,成形不自凡夫胎。
> 琳琅光彩院内满,冰雪威仪天上来。
> 珍重吾师能鉴物,从今免屈非常材。

> 谁识昏蒙明镜台,吾师智见大雄哉。
> 偶窥片石非凡相,特命良工刻圣胎。
> 救苦尽随威力去,欲求还应愿心来。
> 从前高士有多少,不识白山一分材。

辽金元诗

> 七尺仙容立殿台,镌奇镂异最优哉。
> 模将竺域佛为像,琢就昆峰石作胎。
> 妙相化身从地出,慈尊移步下天来。
> 向非师智巧经度,谁识蓝田旧玉材。

> 和云巨石拔沉埋,镌作观音□□哉。
> 营自师心分异体,出由山腹不同胎。
> 端凝相在生群善,坚固身存下天来。
> 遭遇若非大龙象,不过为山白石材。

何代何年筑此台，因人得用实美哉。

他山元作溪云伴，今日翻成圣洁胎。

只见威仪随相现，不知示□□□来。

若非早入名师眼，犹被尘封埋良材。

御运当时自隗台，丰碑余剩千年哉。

得逢大智镌成像，益表中心□□胎。

尘骨乱随金錾去，珠光新入玉面来。

已闻结社招吟客，尽是皇朝栋梁材。

上述七首诗歌，作者依次为郑若愚（兵部尚书兼门下侍郎平章事）、韩资让（左仆射兼中书侍郎平章事）、杨涤瑕（司农少卿知度支副使）、梁援（诸行宫都部署尚书左仆射）、李□（朝散大夫行御史中丞赐紫金鱼袋）、张□（提点宏法守将作监）、韩汝砺（左承制合门祗侯）。其中，郑若愚的和诗赞智化为"高人"，所做皆为有功德之事。韩资让的和诗写了智化挑选玉石、募匠镌刻到佛像落成的过程，并赞道：正因为"吾师能鉴物"，故才能"免屈非常材"。杨涤瑕的和诗，四联之中三联是赞许智化的语句："吾师智见大雄"，看到了这块白石的非凡相后，特命良工刻像，"从前高士有多少"，均未能如智化大师这般地独具慧眼。梁援、李□和张□的和诗说"倘非师智巧经度"，"遭遇若非大龙象（指智化）"，"若非早入名师眼"，玉石也仅仅还是一块平凡的白石，只会继续被尘封埋没。梁诗中还颂扬了良工巧匠优异高超的雕刻技

辽代瓷器

艺。韩汝砺的和诗也许写成较晚，他既写到"得逢大智"，赞颂智化的功德；又言此次结社唱和的诗人，皆是国家栋梁之材，对其他诗人一并赞誉有加。

有些诗歌更多地关注端庄慈祥、大慈大悲、普度众生的观音形象，如下列诗作：

天庆寺前一片石，造就观音神在哉。

辽金元诗

八万由旬妙高首,三千世界明月胎。
潜救众生苦恼去,默传诸佛心印来。
十首新诗赞功德,等闲难继贯休材。

久遗贞石混纤埃,二像时镌事卓哉。
顺俗慈悲须假相,出尘神力亦非胎。
绍名早授昔师记,救苦分临末世来。
盖是性坚无变易,会逢高鉴岂淹材!

遗脱贞珉在帝台,高人识辨事奇哉。
造成补洛山中像,不假摩耶腹内胎。
种种形容何处现,巍巍神力此中来。
荒吟赞颂陪诸彦,轻重纤茎抵巨材。

坚珉刻像降莲台,礼敬瞻容睟美哉。
救难龙鱼鬼与火,度生卵湿化兼胎。
侍多千佛咸闻见,善应诸方无去来。
足表英雄心匠力,随根通变不遗材。

玉像镌成置宝台,威严神在数奇哉。
身披雪毡凝山骨,眉放虹光剖月胎。
相好尽疑如化出,慈悲重为度生来。
向非大士垂精鉴,应被凡工作殿材。

窣云披雾下峰台,岁久还逢藻鉴哉。
相为应根方有像,性因绝垢自无胎。
琢磨迥出三身外,具足非从一日来。
万法皆由人即显,空门触物愿同材。

瑞毫辉映紫金台,镂石尊容焕赫哉。
山卷碧云呈玉骨,水摇白日晃珠胎。

辽金元诗

一枝杨柳光严住，百宝莲花影像来。
珍重吾师承道荫，义林高耸豫樟材。

夔峰久黜滞留台，尘覆方能遇鉴哉。
应手刻成白玉像，化身免托子宫胎。
初疑入梦补陀去，又讶随缘震旦来。
从此睟容日瞻仰，亿年不朽表良材。

谁刻贞珉在宝台？威神之相庄严哉。
补陀山下白云骨，极乐天中明月胎。
能遣众生忧患去，可令千种慈悲来。
十篇所赞神通力，方见吾师出众材。

巍然独立绝纤埃，相好奇哉复伟哉。
因睹工移珉作像，方知凡与圣殊胎。
垂恩未省怀悲喜，救苦何曾觉未来。
□□□□□□□，□□只出□□材。

辽金元诗

神姿斯就置层台，俨雅威灵众异哉。
实智已圆千劫相，权仪不许四生胎。
用兴体密还复往，定阔悲深去又来。
积岁未承英匠别，也当遗梦曲良材。

上述十一首诗歌，作者依次为马元俊（观书殿学士、翰林学士行尚书礼部侍郎、知制诰）、刘瓛（中大夫、昭文馆直学士知御史中丞、开国侯）、史仲爱（度支使、金紫崇禄大夫行尚书礼部侍郎）、王执中（朝请大夫守秘书监、开国伯赐紫金鱼袋）、于复先（南面统行宫都部署□□□尚书、吏部员外郎）、王仲华（前枢密院吏房承旨行殿中少监）、孟初（朝议大夫知制诰、开国子）、张识（朝散大夫司农少卿知大定少尹赐紫金鱼袋）、寇□（内藏副都监、朝散大夫尚书虞部郎中借紫）、善知（崇禄大夫检校司徒、辩慧诠正大师赐紫）、性连（讲经）。其中，马元俊的和诗运用佛教经典术语"八万由旬""三千世界"，写诸佛的"潜救众生""默传心印"，尾联中自谦资质平庸,难继贤材。刘瓛、王执中、于复先、寇□、善知等人的和诗中均写观音的慈悲为怀、救苦救难、普度众生,"慈悲""救苦""救难""度生""忧患"之类的字词比比皆是。刘瓛、于复先、史仲爱和性连等人的和诗中写到观音的庄严威灵、无量神通、"出尘神力"、"巍巍神力"、"威严神在"、"威神之相"、"俨雅威灵"等。孟初、王执中的和诗有对所雕刻观音外貌形象的直接描写。"一枝杨柳光严住,百宝莲花影像来",写出了观音身坐宝莲台,手持杨柳枝的镌刻形象。"坚珉刻像降莲台"亦写观音坐莲的事实。上述诗歌中,诗人们对于佛教术语及与佛教相关的人名、地名的运用频繁而得当,诸如"补洛""摩耶""三身""具足""空门""极乐"等等,显示出作者熟谙佛门教义并深受其影响。

总观这组《玉石观音像唱和诗》,我们发现,由于唱和诗在诗歌内容上限定了玉石观音像这一特定对象,在韵律上又统一押"胎"字韵,韵脚亦跟唱诗完全一致,这导致作诗难度大为增加,因此诗歌的具体内容难免有接近重复之处。唱和者人数众多,作者的诗歌水平也是参差不齐。有些诗作精雕细琢,出语非凡,显示出较高的文学修养;也有些诗作略输文采,显得平庸寻常。还有明显带有应酬性质的文字,诗歌中套话空话居多,乏而无味。但不管怎么说,这组唱和诗仍然有其不可替代的特殊意义。如此众多的大小官员参与唱和,体现出辽王朝朝廷内外崇佞佛教的风气,上至帝王将相、达官显贵,下至黎民百姓、凡夫俗子,无不深受佛教思想的影响。这种帝王、朝廷乃至整个国家与佛教的紧密关系,不仅体现在写出唱和诗的道宗时期,几乎可延伸至整个辽王朝的统治时期。而这组唱和诗,可视为辽王朝与佛教一直以来紧密相连的一个缩影。从数量上看,现存的辽代诗歌共有76首,这组《玉石观音像唱和诗》即占26首之多,可见它在整个辽代诗歌中占据的重要地位。

辽金元诗

猎取西楼并辔驰　故宫禾黍不生悲

——赵良嗣《上京》

　　赵良嗣（？—1126），原名马植，辽燕京霍阴（今河北北部）人。出身于辽朝汉族簪缨世家，初仕于辽，官至光禄卿。宋徽宗政和元年（1111）九月，宋朝派遣太尉童贯出使辽朝，童贯一行路经卢沟（今河北境内永定河）时，马值夜见其侍史，自言有灭辽之策。童贯接见后，二人言之甚欢，于是将他带回了宋朝，易姓名为李良嗣，并推荐给了朝廷。归宋后，良嗣向朝廷献上结金灭辽之策："辽天祚帝荒淫无道，在契丹族对女真部落的残酷压迫下，女真人早已对辽人恨之入骨。本朝若派遣使臣从登（今山东莱州）、莱（今山东蓬莱）州渡海，和女真结好，相约攻打辽国，则其国可图。"并对徽宗说："辽国必亡。陛下若念及身处辽境的旧民正遭涂炭之苦，能以治伐乱，恢复旧域，旧民一定会欢呼雀跃，恭迎王师。万一被女真得志，先发制人，事情就难办了。"皇上听闻后采纳了良嗣的意见，并嘉奖之。赐姓赵，授秘书丞。而宋王朝有了攻燕之议，也是自赵良嗣献策开始的。之后，赵良嗣仕途高升，迁直龙图阁，提点万寿观，加右文殿修撰。

辽金元诗

宣化下八里辽代壁画墓·散乐图

　　宋宣和二年(1120)三月,赵良嗣以中奉大夫右文殿修撰身份,奉命自登州渡海使金,商议合兵灭辽,收复燕云十六州。早在宋政和五年(1115),女真人在其首领完颜阿骨打的统率下,发动反辽战争并建立了大金王朝。赵良嗣使金时,辽朝正在内忧外患的困境中苟延残喘,而金王朝已以星火燎原之势日益强大。四月中旬,赵良嗣与副使忠训郎王瓖等一行抵金,正巧女真出师,分兵三路攻辽上京,于是良嗣等以宋使身份随军观阵。上京城攻破后,得与金太祖阿骨打相见,商议盟约。良嗣对金太祖说:"燕本汉地,宋金夹攻辽后,使金取中京大定府(今内蒙古宁城),宋取燕京析津府(今北京市)。"金太祖通过翻译回道:"契丹无道,我军已杀败,契丹州域皆归我有。为感谢宋朝皇帝的好意,再加上燕京本属汉地,特许燕云之地归还宋朝。"良嗣又说:"今日宋金议约既定,就不可再与契丹讲和。"金太祖许之。于是赵良嗣和金太祖约入上京,看契丹大内居室。后相与上马,由西偏门并辔而入,乘马过五銮、宣政等殿,于延和楼置酒设宴。眼看曾经不可一世的大辽王朝,在金兵的铁蹄下干戈遍地,大势已去,生于辽又仕于辽的燕人马值,又会有怎样的感慨呢?席间,赵良嗣颂《上京》诗一首,以抒己怀。诗云:

> 建国旧碑明月暗,兴王故地野风干。
> 回头笑向王公子,骑马随军上五銮。

辽金元诗

　　辽五京之一的上京,辽太祖耶律阿保机于此地建皇都,如今已被金兵攻占。一轮明月的映衬下,辽建国初期的残碑废墟显得多么黯淡无光。荒冷野风的吹拂下,辽太祖兴起立国的发祥之地那么干冷萧瑟。但这一切在诗人眼中看来,又是期盼已久,为之欣喜不已的。辽国燕人马值已是过去时,如今他是以宋使身份,与大破上京的金主共席,把酒言欢,同享胜利的喜悦。回头看向副使、忠训郎王瓖,今日陪着金太祖乘马过五銮大殿,欣喜之情无以言说,只剩笑语相向了。诗作的风格浑然苍劲,章法亦自有出。北宋欧阳修有诗《奉使契丹回出上京马上作》:"紫貂裘暖朔风轻,湟水冰光射日明。笑语同来向公子,马头今日向南行。"对比而言,同样是以宋使身份于契丹上京的吟咏之作,二人写作时的心情也都是异常欢喜的,只是欧诗中的"兴王故地"还是"朔风轻""射日明"的景象,赵诗中已是"明月暗""野风干"了。这也预示着,一个王朝快要穷途末路了。

　　赵良嗣奉使还朝后,升任徽猷阁待制。自此,他衔命往来金国,前后凡六七次,"颇能缓颊尽心,与金争议"。宣和四年(1122)十一月,良嗣又一次奉命使金,面见金太祖。据理争辩之下,金主允诺割让燕京及蓟、景、檀、顺、涿、易六州二十四县,但宋廷每岁要以所赂契丹银绢转输给金。赵良嗣归朝后,作绝句一首,诗云:

朔风吹雪下积山,烛暗穹庐夜色寒。
闻道燕然好消息,晓来驿骑报平安。

副使马扩有和良嗣诗一首,诗云:

未见燕铭勒故山,耳闻殊议骨毛寒。
愿君共事烹身语,易取皇家万世安。

赵诗以唐朝时北方民族内附,因此设立燕然都护府为喻,表达了此次使金据理力争后金主许诺割让六州的欢欣之情。马诗并未一味迁就良嗣的诗意,他谴责了金主的苛刻要求,表示出对议约的担忧,最后祈愿与良嗣共戮国事,保大宋万世基业。由此亦可见宋金议约的形势复杂严峻,要从辽金手中取回燕云十六州,绝非易事。在各民族势力犬牙交错的时代背景下,赵良嗣想要为宋王朝争取利益,多次与金交涉,在唇枪舌剑的谈判斗争中一定是费尽心血,备尝艰辛,实属不易。

辽金元诗

辽代煮茶壁画

　　然而,任劳任怨的付出并未换来朝廷的信任和敬重。仅仅过了数年,灭辽后的金兵开始大举南侵,宋金之战爆发。宋钦宗靖康元年(1126),王朝危在旦夕,御史胡舜陟弹劾赵良嗣,称其"结成边患,败契丹百年之好,使金寇侵凌,祸及中国",请求枭首示众。其时已被夺职并放逐郴州的良嗣未能躲过一劫,被处死于流徙之所。

　　还在夺职放逐之前,赵良嗣就三上辞章,表达解甲致仕、躬耕田园的强烈意愿:"顷在北国,与燕中豪士刘范、李奭及族兄柔洁三人结义同心,欲拔幽蓟归朝,沥酒于北极祠下,祈天为誓,俟他日功成,即挂冠谢事,以表本心切,非取功名而徽富贵也。"可惜未得允许,最终身首异处,做了宋王朝统治者的替罪羊。

穿窄袖袍服的契丹族男女

故事里的金诗

金初诗坛　借才异代

公元1115年，女真人首领完颜阿骨打率部树起反辽战旗，随着军事势力的迅速壮大，凭借其金戈铁马的强悍，一举横扫了辽国与北宋，入主中原。然而，军事的无敌却难掩文化的孱弱。建立伊始的金政权甚至没有本民族的文字。因此，金初诗坛不可避免地出现了"借才异代"现象。"借才异代"之名，始出于庄仲方《金文雅序》："金初无文字也，自太祖得辽人韩昉而始言文，太宗入宋汴州，经籍图书，宋宇文虚中、张斛、蔡松年、高士谈辈先后归之，而文字煨兴，然犹借才异代也。"金初诗人或由辽入金，或由宋入金，宇文虚中、蔡松年、施宜生等即是代表，只是他们身仕新朝，其心理状态、难言之隐颇耐人寻味。另外，金初诗坛上本土贵族诗人海陵王完颜亮的横空出世，尤为引人注目。

屯兵百万西湖上　立马吴山第一峰

——废帝完颜亮《题西湖图》

完颜亮(1122—1161),字元功,本名迪古乃,金太祖完颜阿骨打之孙。天会十三年(1135)正月,金熙宗完颜亶以太祖嫡孙的身份即皇帝位,完颜亮以为其父宗干为太祖庶长子,自己亦是太祖之孙,何尝不能登基即位,遂怀有觊觎皇位之心。在熙宗朝,完颜亮历任龙虎卫上将军、尚书左丞、右丞相、都元帅、太保、领三省事,逐渐掌握了朝中大权。皇统九年(1149)十二月,他谋弑熙宗而自立。在位十三年,揽持权柄,雄心勃勃,发动灭亡南宋的战争,意欲一统天下。正隆六年(1161),趁完颜亮南征之际,世宗完颜雍在东京辽阳自立为帝,亮亦在扬州前线被部下乱箭射杀而亡。世宗大定年间,完颜亮被降封为海陵郡王,谥曰炀,旋又贬为海陵庶人。史称废帝。

完颜亮胸有壮志,一生霸道。《金史·佞幸传》载,亮尝与部下谈论志向:"吾志有三:国家大事皆自我出,一也;帅师伐国,执其君长问罪于前,二也;得天下绝色而妻之,三也。"发此志愿时的完颜亮尚未篡权,但其弑兄即位、大权在握的雄心与南征灭宋、混一天下的壮志已显露无遗。

然而,这样一位被称为"淫毒狠骜"的完颜亮,又"英锐有大志","颇知书,好为诗词"。其流传至今的诗词,多为抒发雄心抱负之作,常与"大志"相伴随。他还为岐王时,就已作有《以事出使,道驿有竹,辄咏之》:

完颜亮

孤驿潇潇竹一丛,不同凡卉媚东风。

我心正与君相似,只待云梢拂碧空。

诗作借咏竹而言志。从孤驿旁的丛竹写起，看到的是竹子不媚东风的高洁志趣，在"我心正与君相似"的慨叹中，表达诗人自身的高远志向。这首咏怀诗中，诗人的感情表露尚较为含蓄，"云梢拂碧空"的境界亦于壮怀中透露出优美之感。而到了另一首《书壁述怀》诗中，这种含蓄优美之意完全被叱咤风云、不可一世的气概所淹没，尽显突兀粗犷之霸气。诗云：

> 蛟龙潜匿隐沧波，且与虾蟆作混和。
> 等待一朝头角就，撼摇霹雳震山河。

诗中以"蛟龙"自喻，蛟龙暂时潜隐于沧波之下，与蛤蟆等凡俗之物混合一处，只为养精蓄锐，有朝一日出人头地、摇震山河。回味其诗，颇有一种"潜龙勿用"，等待"飞龙在天"的感觉。

　　曾欲"国家大事皆自我出"的完颜亮，在"只待""一朝"中"潜匿"了十数年，逐渐"头角就"，手握朝中大权，眼看时机成熟，于是策动了宫廷政变。皇统九年（1149）十二月九日夜，他派人潜入金熙宗的寝宫，弑兄篡位，实现了梦寐以求的第一桩志愿。

　　完颜亮即帝位后，不满于仅仅统治北方的半壁江山，一心想吞并天下，做一番惊天动地的大事。据史载：完颜亮图南之前，从未到过江南。某日臣孔彦舟进献木樨一株，亮见之甚喜。幸臣梁汉臣不解风情地说："此花在江南地区也只是植以为薪罢了。"

辽金元诗

亮听罢此语，便问左右朝廷中有谁曾往江南，于是将兵部尚书胡璘召来。胡璘对曰："臣使江南，扬州琼花、润州金山、平江姑苏、钱塘西湖，尤为天下美观。其地还有诸多胜景，只是臣足迹不得到。但就此数景，天下已罕有，何况其他呢？"完颜亮大喜，遂决意南征。当时宋金国力势均力敌，伐宋之战并不合时宜。但完颜亮求胜心切，不顾朝野的激烈反对，倾全国民力财力，准备发动攻宋战争。誓灭南宋，"执其君长问罪于前"，实现其第二桩志愿。

完颜亮

正隆四年（1159）冬，完颜亮派遣施宜生等使宋,贺天申节。并将几名画工潜藏于使节队伍之中,命其暗中将南宋首都临安之城邑及吴山、西湖之胜景画之于册。施等返金后,所绘图貌进献给了完颜亮。亮览后甚喜,亟命将坐间软屏撤去,换上所献之图画。亮亲执笔,于画中的吴山绝顶上,又画上一将,策马而立,霸气十足。并在画上亲自题诗云:

> 万里车马已混同,江南岂有别疆封。
> 屯兵百万西湖上,立马吴山第一峰。

此时的诗人,已不满足于丛竹的"不媚东风"了,与蛤蟆混迹的蛟龙也已是过去时了。跃然纸上的,是气吞山河、主宰华夏的英雄霸主形象。诗人俨然以"车同轨""书同文"的秦始皇自许,西湖边屯兵百万,吴山顶横刀立马,誓将江南吞并方休。诗作中踌躇满志的情态淋漓尽致,雄霸天下的气概溢于言表。

正隆六年(1161)九月,决意一统中原的完颜亮统率六十万大军,兵分四路,大举南侵。正在一路长驱直入,欲强渡长江,势在一举灭亡南宋之际,孰料变起后方,完颜雍于东京自立为帝。而这次东京政变,却与完颜亮的第三桩志愿不无联系。

完颜亮欲"得天下绝色而妻之",他听闻完颜雍的妻子乌林答氏艳冠群芳,美若天仙,不禁动心,于是下诏令乌林答氏进宫。完颜雍敢怒不敢言,愤恨之余只得从命,让妻子随完颜亮的侍从进京。乌林答氏坚贞不屈,走至半路趁侍从大意,投湖自尽。夺妻之恨,让完颜雍羞愧又愤恨,两人的不解深仇亦由此结下。

回首看来,完颜亮的三桩志愿可谓是得不偿失。"国家大事皆自我出",却让他背上了弑兄篡位的罪名;"执其君长问罪于前",最后被部下射杀在了南宋的土地上;"得天下绝色而妻之",然而,"绝色"之夫登上了帝王之位,一代霸主终被废黜为"庶人"。

辽金元诗

生死已从前世定　是非留与后人传

——宇文虚中《在金日作三首》

　　宇文虚中（1080—1146），字叔通，别号龙溪居士，成都广都（今四川成都）人。北宋大观三年（1109）进士及第，官至资政殿大学士。

　　靖康元年（1126）正月，宋徽宗内禅，将皇位传于钦宗。钦宗向金求和，以康王赵构为质，并割让三镇，于是宋金缔结和约，围汴的金兵始退。二月，宋将姚平仲夜袭金寨，金将完颜宗望一怒之下又引兵围汴。眼看形势危急，无奈之际，钦宗欲遣人奉使，告诉宗望是将帅的自作主张导致袭营事件，

靖康之乱

请求和议如初，并看望康王是否平安。朝中大臣皆不敢前往，独宇文虚中受命于危难之际，不顾生命危险赴金营交涉。一路上冒锋刃而进，至金营后，露坐风埃之中，在金军注矢露刃的围绕下，久等数个时辰，方见得康王。后又几往金营，终于将康王请归，金帅亦解兵北去。

辽金元诗

　　建炎二年（1128），宋高宗诏求能使金朝而迎还两宫者，一时之间又是无人应诏。当时金国已举兵伐宋，奉使出金者也有数人被强留于金，诸臣自然不敢再贸然出使。身处贬谪之地的虚中闻讯后赴阙应诏，高宗嘉赏其"名实相称，文武兼资"，复资政殿大学士，充祈请使，以武臣杨可辅为副，出使金朝。果不其然，刚刚渡河入金，就被完颜宗翰拘留于云中（今山西大同）。建炎三年（1129）正月，宋金关系略有好转，金人将羁留的宋使一并遣归，宇文虚中说："臣奉命北来祈请二帝，二帝未还，虚中不可归。"于是独留金国。

　　留金之初，金人倾慕于虚中的卓然文采与出众才智，欲加以官爵，为金所用。软硬兼施，虚中都不为所屈，拒不应命。被拘于北廷，流离匦苦之际，虚中

寄其兄南阳公书,尝言:"虚中囚系异域,生理殆尽,困苦濒死,自古所无。中遭胁迫,幸全素守,唯一节一心待死而已,终期不负社稷。"

羁留云中的宇文虚中难以摆脱对故国家乡的怀念,时常将这种思念之意付诸笔端,赋诗吟咏,表现出对宋王朝的忠贞之情。如其诗作《己酉岁书怀》:

> 去国匆匆遂隔年,公私无益两茫然。
>
> 当时议论不能固,今日穷愁何足怜。
>
> 生死已从前世定,是非留与后人传。
>
> 孤臣不为沉湘恨,怅望三韩别有天。

时光匆匆,羁留于金地已经隔年了,祈请二帝的使命还没完成,心中一片茫然。今日虽穷愁潦倒,但已将生死置之度外,之所以没有以身殉国,是因为誓要迎回二帝。诗人忧思故国,在穷愁幽恨中抒发了壮志未成的郁愤之情。

绍兴四年(1134),完颜宗翰将虚中从云中羁押到了上京。金熙宗即位后决意重用虚中,经过长时间的犹豫,虚中最终勉强仕金。完颜宗翰甚为高兴,说:"得汴京时欢喜,尤不如得相公时欢喜。"宇文虚中仕金期间,累官翰林学士、知制诰兼太常卿,封河内郡开国公,后又进阶为金紫光禄大夫。金人尊其为"国师"。不可否认,在金初礼仪制度的建设、文化发展等方面,宇文虚中做出了巨大贡献。但虚中的仕金并非屈服于金人而变节投敌,实有其难言苦衷,亦另有寓意。囚禁之人,又如何能迎回二圣?只有先受到金人的信用抑或权柄在握,才能慢慢地寻求机会。虚中忍辱负重,"身在金营心在宋",这种欲伺机谋大事的思想在其诗作《在金日作三首》中已初显端倪。其一云:

辽金元诗

宇文虚中《春日》

满腹诗书漫古今，频年摇落易伤心。

南冠终日囚军府，北雁何时到上林？

开口摧频空抱朴，胁肩奔走尚腰金。

莫邪利剑今安在，不斩奸邪恨最深。

诗人自责于满腹经纶却囚于金营、无有作为，感伤于频年战乱的宋朝国势衰微，愤激于奸臣贼子趋炎附势，希冀于能有锋利宝剑斩奸除邪。"北雁何时到上林？"苏武出使匈奴十九年，受尽磨难，持节不屈，终因上林苑中射得雁书而归汉。诗人自问，忧国之思、羁臣之悲又何时传给南宋朝廷呢？据宋人记载，身仕金国的虚中心系宋朝，"雁书"一事亦实有之。虚中的"国师"地位，让他能获取到金廷更多的政治机密，他将有关金国虚实与机密大事写于蜡丸之中，交送给宋朝廷。结果却被主和派秦桧察知后还给了金廷，真让人有"不斩奸邪恨最深"之感。周必大亦言："苏属国看羊海上，假雁足帛书而得归，宇文公真有此书而不得归，悲夫！"

《在金日作三首》其二云：

遥夜沉沉满幕霜，有时归梦到家乡。

传闻已筑西河馆，自许能肥北海羊。

回首两朝俱草莽，驰心万里绝农桑。

人生一死浑闲事，裂背穿胸不汝忘。

黑暗孤寂、寒气逼人的长夜，诗人魂牵梦萦于故国家乡。徽钦北狩，山河破碎，痛心疾首的诗人甘愿如苏武北海牧羊，为宋王朝守节尽忠。"人生一死浑闲事"，国仇家恨面前，个人生死已显得无足轻重。宋人施德操曾谓："'人生一死浑闲事'云云，岂李陵所谓'欲一效范蠡、曹沫之事'？"春秋时期，范蠡辅佐越王勾践卧薪尝胆，终得灭吴，一雪前耻。曹沫于齐鲁之会上，挟持齐桓公，最终逼其尽归鲁之侵地。靖康耻，犹未雪，臣子恨，何时灭！诗人愿效范蠡、曹沫行事，苦身戮力，雪公私之耻，祈请二帝归宋。据传，绍兴十五年（1145），虚中欲于金主九月祭天之时将其劫持，逼他允诺将钦宗归还宋廷。可惜行事前五日，为人告发。时不我待，虚中急发兵直至金主帐下，金主几不得逃脱，然终被金军所擒。

　　还在被金人尊为"国师"时，虚中利用手中权柄，令南北讲和，金人每欲攻宋，他总是找借口谏阻："费财劳人，远征江南荒僻，得之不足以富国。"太母获归，亦多受其力。虚中被金廷杀害时，全家老幼百口同日被焚，极为残忍。宋孝宗淳熙六年（1179），虚中卒后32年，宋廷以虚中忠死，赠开府仪同三司，谥肃愍，赐庙"仁勇"。宋宁宗开禧九年（1205），虚中卒后59年，加赠少保，赐其子师瑗为宝谟阁待制，赐姓赵氏。

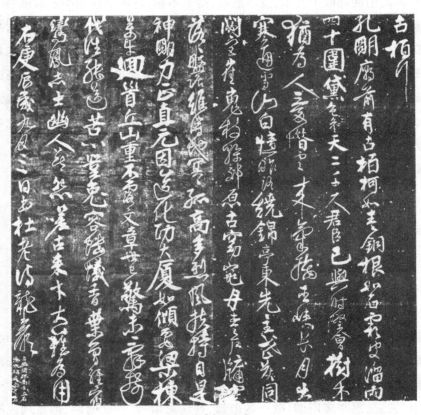

任询《古柏行》

老境归心质孤月 倦游陈迹付惊涛
——蔡松年《淮南道中》

　　蔡松年(1107—1159),字伯坚,自号萧闲老人。祖居余杭(今浙江杭州),生长于汴京。北宋宣和末年,松年的父亲蔡靖,时任燕山路宣抚使兼知燕山府、保和殿大学士。松年亦随父于军中,管勾机宜文字。宣和七年(1125)十月,金太宗下诏攻宋。宋兵与入燕山的金军激战十数日后,统领戍兵的燕山路安抚副使、同知燕山府事郭药师最终率众降金,时年18岁的蔡松年亦随父一并投降于金。

　　松年入金后,迫于金廷对于降金宋人一贯的鄙视和警惕,为了在艰险残酷的政治斗争中确保人身安全,他在金人面前表现得恭敬顺从,甘愿为金所用。事实上,他确实付诸行动,曾前后两次随金师伐宋;在经济方面提出徙榷货务以实中都,复钞引法,切实提高了金王朝的财政收入。随着朝廷对松年的日渐信任和器重,松年在仕途上平步青云,官运亨通,成为金源作家中"爵位之最重者"。然而,一直以来,背信叛国、转侍金廷的惭愧与自责之感又深深地折磨着他,加上官场险恶、人心叵测,松年逐渐产生了厌战、厌官情绪,诗作中一再表达出对魏晋诸贤的仰慕之情与归隐林泉的强烈意愿。终其一生,这种隐逸情怀只

辽金元诗

蔡松年跋苏轼书《李白仙诗卷》

是诗人的一个梦想,但其出处两难的矛盾心态确实真实地存在着。

入金之初,松年被征为元帅府令史。天会十年(1132),金军与刘豫齐政权联合伐宋。松年在金元帅府,故亦随军伐宋。战事一度非常紧张,宋高宗几欲亲统六军,临江决战。终因金太宗病危,金齐联军才罢兵北还。天会中,辽宋旧有官位者都换任新职,松年改为太子中允,除真定府判官。自此住在真定(今河北正定),遂为真定人。上任之初,松年就为当地百姓办了一件大事。当时活动于太行山一带的一支抗金义军被金人平定了,由此牵连出居于山中的真定百姓达千余家,"松年力为辨论,竟得不坐"。在蔡松年的力辩下,千余家民众方才幸免于祸。也许是抗金义举体现出的不甘屈服于金朝的斗争精神,刺痛了他侍金伐宋又惭愧不安的内心。

天会十五年(1137),金熙宗废除了刘豫齐政权,并于汴京设立行台尚书省。因松年自幼生活于汴京,故命其为行台刑部郎中。这一时期,他作有《渡混同江》一诗,以抒写倦游之意。诗云:

> 十年八唤清江渡,江水江花笑我劳。
> 老境归心质孤月,倦游陈迹付惊涛。
> 两都络绎波神肃,六合清明斗极高。
> 湖海小臣尸厚禄,梦寻烟雨一渔舠。

又一次渡过松花江,十年来诗人已有八次来往于汴京与上京之间,长时跋涉,风尘劳累,不禁心生倦游念归之意,作为妄食俸禄的一介小臣,不若休官归隐,梦寻烟雨吧!诗歌体现出俯仰随人的诗人难以摆脱的心灵痛苦。

天眷二年(1139)五月,金将完颜宗弼领行台省事,再次伐宋,松年亦随军,兼总军中六部事。此次南伐最终以宋金签订和议而结束。金军还师途中,松年作有组诗《庚申闰月从师还自颍上对新月独酌》十三首,兹录二首如下:

> 我家恒山阳,山光碧无赖。
> 月窟荫凤篁,十里泻澎湃。
> 兹焉有乐地,不去欲谁待?
> 自要尘网中,低眉搜机械。

我本山泽人，孤烟一轻蓑。

功名无骨相，雕琢伤天和。

未能遽免俗，尚尔同其波。

梧桐唤归梦，无奈秋声何。

前诗中，诗人遥念恒山南的故乡，月光山色，潺湲流水，直是人间乐地，却又为何要自寻烦恼误入尘网，甘心屈服于人世的束缚？流露出追悔与自责之情的同时，提出了"不去欲谁待"的疑问。后诗中，"未能遽免俗，尚尔同其波"可谓是诗人的自问自答。自己终究还是不能免俗，入侍金廷，与世浮沉。功名本非我有，雕琢亦伤本性，即便这样又如何？只剩一声无奈的叹息。诗歌表露了诗人向往山光风月的退隐情趣以及不欲仕金却又无可奈何的内心痛苦。

完颜宗弼班师回朝后，金熙宗任其为左丞相，松年亦被荐举为刑部员外郎。其后，思想上充满矛盾困苦的蔡松年，仕途上却是青云直上。在完颜宗弼与海陵王的器重下，历任左司员外郎、户部尚书、吏部尚书，拜参知政事，进尚书右丞、左丞。正隆三年（1158），迁右丞相，封卫国公。身居如此显赫的官位，亦可谓功成名就了。那么，这时的诗人还会如二十年前感

蔡松年画作

辽金元诗

慨"我家恒山阳""我本山泽人"吗？临终之前，松年赋《淮南道中》五首，其一云：

吾年过五十，所过知前非。

颜鬓日苍苍，老境行相追。

桔槔听俯仰，随人欲何为。

归计忽悠悠，出处吾自知。

"老境行相追"，"归计忽悠悠"，一如诗人年轻时所作《渡混同江》中的"老境归心质孤月"，多少年过去了，心境依然如旧。诗人甚至更进一步，"未能遽免俗"的自慰变成了"所过知前非"的自检。诗人在俯仰随人中过了一生，在最后

的时日里,终于发出了"出处吾自知"的感叹。

正隆四年(1159),蔡松年薨。

当初,海陵王完颜亮爱听宋使者山呼万岁的声音,指使神卫军练习。来年又有宋使贺正旦,山呼声不类往年。海陵王对诸臣说:"宋人知道了我指派神卫军练习的事,这必是蔡松年、胡砺泄漏的。"松年惶恐万分,当即起誓曰:"臣若是怀有此心,便当合族诛灭!"我们可以想象,在如此阴森不安的朝廷氛围中,在宋金民族矛盾的漩涡中,在统治阶层内部的残酷争斗中,他身居高官厚禄,平步青云亦如临深渊如履薄冰,危机四伏。蔡松年所能做的,一如他已做的,俯仰随人,出处两难。

辽金元诗

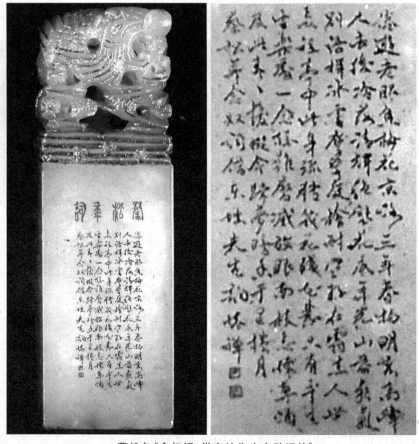

蔡松年《念奴娇·借东坡先生赤壁词韵》

天涯是处有菰米 如何偏爱来潇湘

——施宜生《题平沙落雁》

施宜生(？—1160),字明望。初名逵,又名方人。福建建宁人。自幼博闻强识,未冠时就由乡贡入太学。北宋徽宗政和四年(1114),宜生因成绩优异被擢为上舍第,试学官授颍州教授。钦宗靖康二年(1127),徽、钦二帝被俘,北宋灭亡。遭逢宋季乱世,施宜生在颠沛流离中先后仕于宋、齐、金三个政权,最终被金主完颜亮烹死。《诗薮》云,施宜生为人"踪迹奇甚","诗亦颇佳"。

汴京陷落后,康王赵构在江南之地称帝登基,建立了南宋王朝。施宜生也跟大多士人百姓一样流离失所,南下避乱。据传,某日施宜生正在抑郁之际,一位神秘的道人不期而至,见到他后说:"从面相上看你有权骨,可至公卿之位。但再看手臂上的毛,却是逆上而生,并且覆盖了手腕。因此必须有逆上事,方能大富贵。"话语中包含造反之意。宜生听后大笑,口占一诗赠予道人。诗云:

> 休论道骨与仙风,自许平生义与忠。
> 千古已尝窥治乱,一身何足计穷通。
> 仰天只觉心如铁,览镜犹欣发未蓬。
> 尘世纷纷千百辈,只君双眼识英雄。

味其词意,宜生不愿计较个人的穷通,自许平生忠义,其心如铁,又怎会逆反呢?在善于风鉴的道人面前,诗人满口否认,此时的宜生的确并没有逆反之心。世事难料,到了建炎四年(1130)七月,福建建瓯人范汝为聚众起事,据于建阳城。当此之际,宜生科场上屡举不第,生活中穷愁困苦,回想起道人的话,开始将信将疑,又抵不过"可公可卿"的诱惑,决定投奔范汝为,通过逆反之路追求人生的大富贵。

然而,这次贸然起事很快就失败了。绍兴二年(1132),宋将韩世忠亲自领兵征剿，范汝为城破后自焚。施宜生变服出逃，混迹于泰州某吴姓人家，充家佣，一待就是三年。某日宴客，宜生并非真佣的隐秘被吴翁识破。诘问之下，他只得将事情的原委道出。吴翁听后并未报官，反给了施宜生路费，让他渡淮北上。

这时的淮河以北，已是齐政权刘豫的天下。靖康之耻后，金人北返，并扶植北宋叛臣、原济南知府刘豫建立了傀儡政权，是为“刘齐”。绍兴五年（1135），施宜生渡淮入齐。为避人耳目，此时他将名逵改为宜生。不久即被齐政权委以官职，刘豫的儿子刘麟时为诸路兵马大总管，宜生任大总管府议事官。后因事得罪了刘麟，左迁彰信军节度判官。

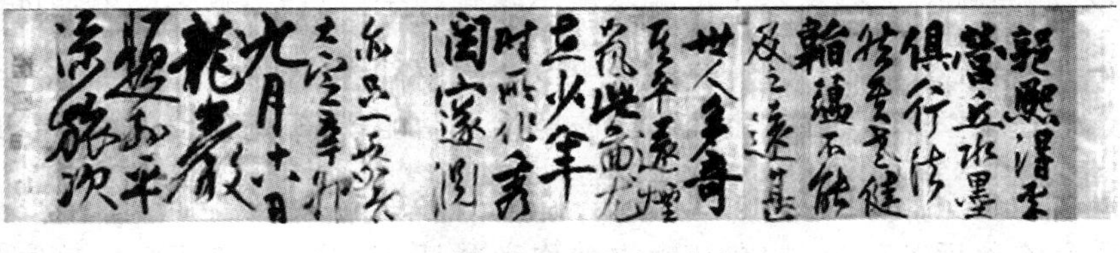

任询《北宋郭熙山水卷》跋

仕齐的时日不长，施宜生又转仕金朝。天会十五年（1137）十一月，金熙宗眼看刘豫在攻宋战争中一再失利，难以为用，决定罢废了刘齐政权。齐亡后，施宜生被金擢为太常博士，从此又开始了其仕金的生涯。皇统二年（1142），宜生迁殿中侍御史，转尚书吏部员外郎，为本部郎中。皇统七年（1147），改礼部郎中。皇统九年（1149）发生宫廷政变，海陵王完颜亮弑金熙宗，篡位即帝。不过这次政变对于施宜生的仕途并无不利。海陵朝时，某日完颜亮外出射猎，捕获三十六熊，于是命臣下以此为题，作《日射三十六熊赋》进献。宜生赋云：

圣天子，揆文德，奋武功。云屯八百万骑，日射三十六熊。

据《辽史》载：辽兴宗重熙五年九月，猎黄花山，获熊三十六。十月，上御元和殿，以《日射三十六熊赋》等试进士于廷。海陵王亦以此命题，不知是否有与辽兴宗一较高下之意？宜生奏赋中“八百万骑”的雄壮场面与“奋武功”的崇武之情，让一生好战的完颜亮览之后甚为欢喜，被擢为第一。

施宜生的仕途也是一路平步青云，元德二年（1150）被海陵王召为翰林直学士，正隆二年（1157）为尚书礼部侍郎，迁翰林侍讲学士。然而，享受着金人的礼遇和自身惬意的生活，离开南宋几达二十年之久的宜生，还是在诗歌中写出了

身仕金廷又心系南宋的故国之思。宜生至一寺中,为僧题屏风八景,有《题平沙落雁》诗。诗云:

> 江南江北八九月,葭芦伐尽洲渚阔。
> 欲下未来风悠扬,影落寒潭三两行。
> 天涯是处有菰米,如何偏爱来潇湘?

秋高气爽的时节,芦苇伐尽,汀州开阔。风悠扬,孤雁飞来,自顾影,欲下寒塘。秋雁处处可以觅食,却又为何偏要南来潇湘呢?诗人借寒潭雁影暗喻自身的孤独飘零,秋雁南飞,正如诗人虽在金廷官运亨通,却仍然心驰旧国。

深藏诗人内心而终难舍弃的爱国之情,终于在正隆四年(1159)奉金命使宋时告之于天下。这一年,海陵王已决意南侵,一举灭宋。他趁派遣贺宋正旦使的机会,潜藏画工于使者队伍中,欲画宋之山川图貌,准备来日征伐时用,而这次派出的使臣正是施宜生。宜生深感当前的形势严峻,他极为担忧,这场几乎已不可避免的宋金之战,宋人尚蒙在鼓里。入宋后,趁着副使耶律离剌不注意,在宋朝馆伴张焘以首丘语试探之下,他用暗语告知张焘:"今日北风甚劲!"又取几案上的毛笔说:"笔来!笔来!"意谓金军"必来"。宜生用如此隐晦的方式警醒宋王朝,战事一触即发,需尽早做好迎战准备。宜生使宋以前,虽也有金兵意欲南侵的谍报不时传来,宋高宗一直未曾深信。宜生此行,可以说彻底敲醒了宋王朝内部主和派的美梦,宋人亦开始真正警觉起来。

辽金元诗

施宜生《严子陵钓台》

向宋廷告密的宜生,付出了背叛金人的残酷代价。还金后,副使耶律离剌将入宋时听闻宜生泄密之事告知金主。金主大怒,宜生被烹而亡。感叹的是,这位身仕三朝的传奇人物,最终难以割舍的,还是故国旧土。一如《题平沙落雁》诗中的南飞秋雁,亦如馆伴张焘眼中的首丘之狐。

鸟飞反故乡兮,狐死必首丘!

张瑀《文姬归汉图》

辽金元诗

故事里的金诗

国朝文派　群峰并峙

辽金元诗

金代诗坛在"借才异代"之后,进入了"国朝文派"时期。元好问《中州集·蔡太常珪》小传云:"国初文士,如宇文太学、蔡丞相、吴深州等不可不谓之豪杰之士,然皆宋儒,难以国朝文派论之。故断自正甫为正传之宗,党竹溪次之,礼部闲闲公又次之,自萧户部真卿倡此论,天下迄今无异议云。"在大定、明昌近五十年的承平盛世里,出现了蔡珪、王寂等具有自觉的"国朝"意识的诗人。章宗诗坛上,党怀英、王庭筠、周昂诸人可谓宿将,名闻朝野。贞祐南渡后,诗坛又出现了以赵秉文、李纯甫为代表的两大阵营。金代整个中后期诗坛,呈现出群峰并峙、异彩纷呈之象。各种力量相互激发,不断推动金代诗坛的发展。然而,本文选取的这些代表性诗人的代表诗篇,不为还原诗坛的风貌,只求追寻背后的故事。因此,我们关注到王寂诗中忠而被谤的痛切激愤,党怀英登第入仕前的饥寒窘迫,王庭筠获罪下狱后的怨而不怒……

尔辈何伤吾道在　此心惟有彼苍知
——王寂《日暮倚杖水边》

　　王寂（1128—1194），字元老，号拙轩，蓟州玉田（今属河北）人。为金初名士、诗人王础之子。出身于官宦人家，书香门第，在父亲的濡染与教育下，自幼就深习儒礼，勤奋好学。《拙轩》一诗中，他回忆了少年时期的苦读情形。"拙轩少也绝交朋，闭门坐断黎床绳。据梧手卷挑黄灯，目力渐足夸秋鹰。"诗人给我们刻画了一位"两耳不闻窗外事，一心只读圣贤书"的学子形象。海陵王天德三年（1151），23岁的王寂进士及第，正可谓少年登科，春风得意。后来，王寂亦曾赋诗感叹："忆昔登科正妙年，鞭笞龙凤散神仙。金钗贳酒春无价，银烛呼卢夜不眠。"这时的王寂信心满满，摩拳擦掌，正欲干出一番事业。

　　王寂进士及第后，先是侍父官于云中。正隆二年（1157），赴吏部选，得官辽东。大定二年（1162），为太原祁县令，三年后改方山令，后又历任真定少尹兼河北西路兵马副都总管、通州刺史兼知军事、中都副留守兼本路兵马副都总管。至大定二十六年（1186），入为户部侍郎。这时，王寂已经58岁了。30年的生涯，王寂辗转奔波于辽东、山西、河北诸地，长时期出任县令等地方官职，劳累忙碌，坎坷艰辛，终于在缓慢而平稳的升迁中入朝为户部侍郎，实属不易。然而，好景不长，就在这年冬，王寂被贬蔡州防御使。

　　王寂忽然遭贬，史载与卫州河决事件有关。《金史·世宗纪》曰："戊寅，尚书省奏，河决，卫州坏。上命户部侍

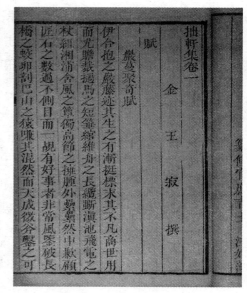

王寂《拙轩集》

郎王寂、都水少监王汝嘉徙卫州胙城县。"《金史·河渠志》进一步记载了事件的始末:"(大定)二十六年八月,河决卫州堤,坏其城。上命户部侍郎、都水少监王汝嘉措画备御,而寂视被灾之民不为拯救,乃专集众以网鱼取官物为事,民甚怨嫉。上闻而恶之。既而河势泛滥及大名。上于是遣户部尚书刘玮往行工部事,从宜规画,黜寂为蔡州防御使。"据《金史》所言,卫州堤决城坏的危急时刻,王寂不思赈灾,置灾民于洪水中不顾,专以网鱼取官物为事,故遭贬黜。果如其然,我们自然不会同情于他,其遭贬实属罪有应得。只是《金史》的记载也不尽是历史的事实,真相究竟如何,似未可依此定论。从王寂的贬蔡诗歌中,我们感受到的却是诗人蒙受不白之冤后的痛切激愤。

作于贬蔡时期的《思归》诗中,诗人极写乡思之愁、退职之意。诗云:

> 擢贾之发罪莫数,君恩犹许牧边州。
> 梦寻蓟北山深处,身在淮西天尽头。
> 袖手不应书咄咄,乞骸端欲榜休休。
> 求田问舍真良策,卧地还胜百尺楼。

首联即直写遭贬蔡州之事。君恩浩荡,戴罪之人仍得以在边州任官。只是身在遥远的西南边境,蓟北山深处的家乡就只能在梦中寻觅了。孤寂无奈的处境下,不若乞骸退职,求田问舍去吧!贬官不久的诗人心境难平,难以接受眼前的现实,不禁心生思归故里之情。

《思归》诗中因紧扣思归的题旨写其愁情,语气尚较委婉含蓄。而到了《日暮倚杖水边》诗,诗人直接抒写遭贬时蒙受的冤屈,久积心中的激愤之情喷泻而发,语气极为强烈。诗云:

> 水国西风小摇落,撩人羁绪乱如丝。
> 大夫泽畔行吟处,司马江头送别时。
> 尔辈何伤吾道在,此心惟有彼苍知。
> 苍颜华发今如许,便挂衣冠已是迟。

日暮之时,诗人倚杖水边,思绪纷飞。想起容貌枯槁、行吟泽畔的屈原被流放江南,忧民伤时的白居易被贬九江郡司马。诗人为民之心苍天可鉴,只因奸佞的小人搬弄是非，终致遭贬。如今已是垂垂老矣，早知今日蒙此不白之冤，就应挂冠而去，免受饶舌之害。诗人情绪激烈，悲愤满腔，正气凛然。

大定二十七年（1187）三月，因皇太孙受册，赦有罪者，王寂亦因赦释罪。他作有《丁未肆眚》：

> 平生自信不谋神，媒孽那知巧乱真。
> 暗有鬼神应可鉴，远投魑魅若为邻。
> 九天汉诏与更始，万里湘累得自新。
> 天地生成知莫报，一杯何日与封人。

诗人重得自新，应是满心欢喜，但仍念念不忘巧佞乱真的小人对他的谗言迫害。"暗有鬼神应可鉴"，"此心惟有彼苍知"，吾道自在，唯有苍天可知。后来，王寂在所作《梦赐带笏，上表称谢，觉而思之，得其五六，因补其遗忘云》一文中，再次重申了对于群小诬陷而遭贬的痛切愤恨与难以忘怀："伏念臣捕骊得麟，画蛇成足，嗟当途之见嫉，投绝徼以可怜。盖为容无蟠木之先，甘后来居积薪之上。岂其衰朽，有此遭逢。……念群言交构，挤臣于不测之渊；唯独断至公，起臣于久废之地。"身居高位的当权者见嫉于诗人，群言交构，罗织罪名，终陷其于待罪之地。

这种痛恨激愤之语一再呈现于王寂的诗文之中，不禁让我们怀疑是否真如《金史》所载，王寂"视被灾之民不为拯救，乃专集众以网鱼取官物为事"？《四库全书总目提要》认为：王寂之刺蔡州"集中情事不具，其颠末未能详也"，从侧面否认了《金史》的官方记载。综合王寂本人的诗文作品，以及后世对其人其政的良好评价，我们推测，王寂贬蔡州事很可能是忠而被谤，不胜其冤。

学书遍写竹溪叶　琢句迴倚徂徕公

——党怀英《雪中四首》

党怀英（1134—1211），字世杰，号竹溪，原籍冯翊（今陕西大荔县），后其父官于泰安军，遂移家奉符（今山东泰安）。继蔡珪之后，党怀英是金代中期第二位文坛领袖，文、诗、词均有盛名，文学大家赵秉文称赞其成就不凡："文似欧阳公，不为尖新奇险之语；诗似陶、谢，奄有魏、晋。篆籀之妙，李阳冰之后，一人而已。"

泰和重宝

《神道碑》载，党怀英的母亲快要分娩时，梦见唐代道士吴筠前来托宿，既而怀英始生。及长，怀英仪观秀整，伟异若仙。少年时期的怀英聪慧颖悟，机敏过人，日授千余言。曾师事金初著名文士刘岩老，与辛弃疾为同舍生，两人皆有声名，故并称"辛党"。后二人又同拜词坛大家蔡松年为师。金正隆六年（1161），大举南侵的完颜亮被部下所杀，宫廷发生政变，国内形势一片混乱。一时之间，黄河南北的民众武装起义风起云涌，恢复宋王朝统治、投奔南宋的呼声日渐高涨。在这种形势下，同窗多年的辛、党二人，又该何去何从呢？据传，两人曾以蓍草卜筮来决定去留。党怀英卜得坎卦，故留事于金，辛弃疾卜得离卦，遂决意南归。此后，时年22岁的辛弃疾聚众两千起义，投奔耿京做掌书记。将南归，与党怀英离别之际，弃疾置酒酌别曰："吾友安此，余将从此逝矣！"遂率领人马渡淮投宋，从此为抗金大业呼号奔走，终其一生未再踏上金国的土地。

党怀英留在了金国,然而,由于其父任泰安军录事参军未数年即辞世,家里生活困苦,家境艰窘。甚至党怀英因为没有片纸而在竹溪叶上学书写字,更令其子为人牧猪以讨生计,生活的窘迫境况可见。大定二年(1162),29岁的党怀英再一次参加府试,为东府解魁。等到御试时,又是落第而归。《金史·党怀英传》曰:"(怀英)应举不得意,遂脱略事务,放浪山水间,箪瓢屡空,晏如也。"这种"箪瓢屡空"的生活场景,党怀英用诗歌形象地描写了出来。某年冬,一日大雪纷飞,怀英家中无炊米下锅,无柴薪可烧,感慨之余,诗人作《雪中四首》,真实地记录下了当时饥寒窘迫的情景。其一写家徒四壁。诗云:

> 诗人固多贫,深居隐茅蓬。
> 一夕忽富贵,独卧琼瑶宫。
> 梦破窗明虚,开门雪迷空。
> 萧然视四壁,还与向也同。
> 闭门撚须坐,愈觉生理穷。
> 天公巧相幻,要我齐穷通。
> 冲寒起沽酒,一洗芥蒂胸。

辽金元诗

贫困的诗人隐居于茅蓬之地,梦境中恍惚身卧琼瑶宫殿,享受着人生的大富贵。一觉醒来,眼前的情景再也熟悉不过,仍然是屋破窗虚,家徒四壁。在闭门独坐、苦思贫穷的过程中,诗人运用庄子的齐物思想来宽慰自己,借酒浇愁,在"齐穷通"和"起沽酒"的共同作用下,终于得以一洗内心的愁怨。

其二写雪中断粮。诗云:

> 翻翻雪中鸦,飞鸣觅遗粟。
> 雪深不可求,绕屋啄寒玉。
> 顾我如鸱鸢,多储有余肉。
> 我亦生理拙,冻卧僵雪屋。
> 日午甑无烟,饥吟搅空腹。
> 岂不知屠沽,肥甘随足取。
> 幸待春雪消,吾犹多杞菊。

大雪之中,饥饿的寒鸦飞鸣觅食,无奈落雪过深,遗粟也无处可寻。这只无处安身的寒鸦,好像觉得诗人就如鸥鸢般储备有余肉。然而,此时的诗人又是如何呢?已过了午饭的时候,空腹也开始响个不停,诗人尚自冻卧于雪屋中,饥寒交迫。心想,既是如此,就只好期待品尝春雪之后的杞菊吧!诗人和寒鸦的同病相怜,带给读者莫可名状的感动与同情。

其三写烧薪御寒。诗云:

> 岁晏苦风雪,旷野寒峥嵘。
> 湿薪烧枯棘,距刺相拿撑。
> 浓烟九伊郁,微焰方晶荧。
> 津津膏乳涨,中有蚯蚓鸣。
> 蓬蒿掇快炬,倏作飞灰轻。
> 余暖未及惬,睫泪已先盈。
> 幸有邻家酒,时浇肌粟平。

风雪逼人,旷野生寒,湿漉漉的柴薪无法燃烧,强忍刺痛烧枯棘,只能看到滚滚浓烟,火焰却微小如荧。只有蓬蒿易燃,却是暖意未到,泪眼已盈。幸亏邻家携来了美酒,聊浇身上之寒与心中之苦。

其四写怅然慨叹。诗云:

> 岁晏雪盈尺,农夫倍欣然。
> 不作祈寒怨,应知有丰年。
> 笑我寄一室,归耕无寸田。
> 无田吾不忧,饮啄当问天。
> 我看多田翁,租赋常逋悬。
> 低头负呵责,颜色惨可怜。
> 不如拾滞穗,行歌两无牵。

年末的大雪厚厚地覆盖着田地,农夫欣喜明年又将是个丰收年。诗人独寄一室,耕无寸田,却并无羡慕之情。缘何如此呢?多田的农翁,常常因拖欠租赋而低头受责,脸色可怜。念及此,不若拾着遗落的麦穗,边走边歌,倒显得两无牵挂。

家徒四壁、雪中断粮、烧薪御寒、怅然慨叹，诗人以纪实的形式，不动声色而又绘声绘色地给我们呈现出一幅迫于生计、穷愁潦倒的生活情景，无乖张愤怒之词，无悲怨自伤之意，真可谓是"箪瓢屡空，晏如也"。家徒四壁，诗人"齐穷通""洗芥蒂"；雪中断粮，却言"幸待春雪消，吾犹多杞菊"；烧薪御寒，最终"幸有邻家酒，时浇肌粟平"；怅然慨叹中，诗人"行歌两无牵"。

这种箪瓢屡空、艰难窘迫的生活状况引起了后人的极大感慨与同情，而身陷困境厄运又能坦然处之，旷达晏如的人生态度更是让人们敬仰赞赏。后来，赵秉文将《雪中四首》书为条幅，赵元有和诗，兹录一首：

> 少从白衫游，气与山峥嵘。
> 一念堕文字，肠腹期挂撑。
> 多机天所灾，室暗灯不荧。
> 拈书枕头睡，鼻息春雷鸣。
> 泰山与鸿毛，何者为重轻。
> 蹄泓与渤澥，谁能较亏盈。
> 如能平其心，一切当自平。

赵诗中已没有了怀英那般艰难时日的铺写，相同之处是诗中亦借庄子的齐物思想来看待重轻亏盈，"如能平其心，一切当自平。"

至大家元好问，亦作有《继愚轩和党承旨雪诗四首》。愚轩即赵元，元好问继赵元和诗，又作和党怀英诗四首，兹录一首：

> 老麻卧云壑，涧松上峥嵘。
> 斯文要栋梁，颓圮可力撑。
> 匠石殊未来，破屋镫青荧。
> 乾坤有二鸟，一息当一鸣。
> 区区用舍间，而亦随重轻。
> 百挽迹不前，一怒怨已盈。
> 临风三太息，此意何时平。

元诗借怀英《雪中四首》的原韵,写了一位科举落第后归隐云壑的处士,怀才不遇,哀其不幸。

党怀英书法

大定十年(1170),37岁的党怀英终于进士及第,开始了漫长的仕宦生涯。历任城阳军事判官、新泰县令、国史院编修、应奉翰林文字、翰林待制、翰林学士等职,承安三年(1198),召为翰林学士承旨,后致仕。大安三年(1211)九月,党怀英逝,享寿七十有八。终其一生,党怀英再未有过《雪中四首》中那样穷寒至极的时候,亦未在纷纭复杂的朝廷政治斗争中犯下大错,可谓是"无灾无难到公卿","君臣道合全始终"。

辽金元诗

李白一杯人影月　郑虔三绝画诗书
——王庭筠《狱中赋萱》

王庭筠

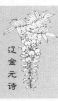

王庭筠(1151—1202),字子端,号黄华山主,盖州熊岳(今辽宁盖州熊岳镇)人。出身于渤海望族,学识广博,名重一时,诗文书画均负盛名。近人金毓黻盛赞王庭筠冠冕其时的文化地位:"金源一代文学之彦,以黄华山主王子端先生为巨擘,诗文书画并称卓绝。同时作家如党承旨怀英、赵滏水秉文、赵黄山沨、李屏山纯甫、冯内翰璧,皆不及也。"

庭筠自幼聪慧过人,五岁能诗,十一岁赋全题。读书五行俱下,日记五千余言。大定十六年(1176)进士及第,授恩州军事判官,临政即颇有声望,后因平定叛乱有功,调任馆陶主簿。金章宗明昌元年(1190),庭筠奉诏试馆职中选,章宗本有任用之意,无奈御史台诬告庭筠,称其在馆陶时期"尝犯脏罪,不当以馆阁处之",只好作罢。

庭筠感慨仕途行路难,遂于馆陶秩满后,不辞而别,隐居于林虑(今河南林县)西二十里的黄华山。怀才不遇,反遭弹劾,隐居初期的王庭筠心情十分抑郁。金代文坛领袖赵秉文,其时方年少无闻,他寄诗宽慰庭筠,表达对其文采风流的敬仰之情与隐居黄华山的羡慕之意。诗云:

寄语雪溪王处士,年来多病复何如?
浮云世态纷纷变,秋草人情日日疏。
李白一杯人影月,郑虔三绝画诗书。

情知不得文章力,乞与黄华作隐居。

王庭筠见诗后甚喜,称赞说:"非作千首,其工夫不至是也。"抑郁之情亦得以稍解。他身居之地黄华山,享有"太行最秀林虑峰,林虑黄华更胜名"的美誉。面对山清水秀、黄华满谷的胜景,王庭筠徜徉其间,乐而忘返,并将心灵的愉悦诉诸笔端,写下了多首出色的诗作。如《登林虑南楼》:

殿阁偏宜落照间,倚天无数玉潺湲。
黄华墨灶知名寺,荆浩关同得意山。
游子也如红树老,残僧偶与白鸥还。
人生见说功名好,不博南楼半日闲。

首、颔二联从山间美景着笔,将自然景观与人文景观融于一体,日光暖暖,流水潺潺,名寺耸立,殿阁遍布。大画家荆浩、关同亦为黄华佳景而挥毫泼墨。颈、尾二联抒情感叹,比起苦苦追求功名富贵,不若身居山林,享受绮丽的风光带来的闲情逸致。

诗人留恋于黄华山的山水胜景,身体力行于隐居事,然而朝廷的再次征召,还是打破了诗人内心原有的平静。明昌三年(1192),金章宗叹朝中学士乏才,参政完颜守贞荐王庭筠,于是朝廷以书画局都监相召。庭筠不甘心于终老山林,决定应召,赴任后与舅氏张汝方评第法书名画。此后数年,庭筠甚得章宗宠眷,先改应奉翰林文字,又迁翰林修撰。承安元年(1196),王值仕途蒸蒸日上的时候,罪过忽然从天而降,因受到赵秉文上书案的牵连,庭筠坐罪下狱。事情的原委是:时任应奉翰林学士的赵秉文,上书论君子小人,言宰相胥持国应当罢免,宗室完颜守贞可为大用。章宗召问之下,赵秉文言颇差异,上命大兴府鞫问,秉文初不肯言。诘其仆,秉文乃曰:"初欲上言,尝与修撰王庭筠、御史周昂、省令史潘豹、郑赞道、高坦等私议。"章宗听闻后,连带将"私议"之人削官杖责,王庭筠等获罪入狱。

当初从山林返归朝廷,本因诗人难舍未成的壮志,孰料因受牵连,沦为了阶下囚,心中的苦闷幽愤更是无以言说。下狱期间,悲剧的诗人借咏物感怀,抒其浓愁暗恨。如《狱中咏燕》诗:

辽金元诗

笑我迂疏触祸机，嗟君底事入圜扉？

落花吹湿东风雨，何处茅檐不可飞？

　　诗人看到春燕误入牢狱，触物生情，借题发挥，以抒满怀悲愤。在与燕的对话中，诗人连发了两个疑问：自己的触祸入狱是由于迂阔疏忽造成的，可你为何也要来到牢狱之地呢？何处的茅屋低檐又不可以自由地去飞呢？情思与理趣的交融中，我们切身感受到的，是诗人对于福祸莫测、世事艰难的无奈叹息，以及无辜受牵、坐罪下狱的愤郁懊恼。

　　王庭筠另有《狱中赋萱》诗，更将这种浓郁情绪用巧妙含蓄的方式表达了出来。诗云：

沙麓百战场，乌卤不敏树。

况复幽圄中，万古结愁雾。

寸根不择地，于此生意具。

婆娑绿云杪，金凤掣未去。

晚雨沾濡之，向我泫如诉。

忘忧定漫说，相对清泪雨。

　　萱草，俗名忘忧草。满怀忧愁的诗人欲借忘忧草消愁解闷，却事与愿违，最终落得"相对清泪雨"。一颗萱草扎根于牢狱之内，诗人不禁怜问，就算择地于沙丘、战场、盐碱之地也好，却为何偏偏来这愁雾郁结的图圄之地呢？绿衣婆娑、亭亭玉立的可爱形象让人心生怜惜，晚雨来临之际，一身雨滴的萱草又似在向诗人哭诉自己的悲惨身世。犹如借酒消愁愁更愁，诗人与萱草不仅未能忘忧，反而倍添忧思，不禁相对而泣，泪落如雨。诗人以萱草寄寓自身，在萱草的悲剧命运中含蓄地低诉自身的不幸遭遇，怨而不怒中，使诗作带有感人肺腑的传染力和震撼力。

　　这首《狱中赋萱》引起了后人的强烈感怀，元好问就曾将它与柳宗元《戏题阶前芍药》、苏轼《和胡西曹示顾贼曹》、《王伯飏所藏赵昌画四首》、党怀英《西湖芙蓉》《西湖晚菊》等九首咏物诗编在一起，特请书法名家赵秉文书于横轴，并自题评价曰："王内翰（庭筠）无意追配古人，而偶与之合，遂为集中第一。……所谓生不并世，俱名家者也。"王庭筠《狱中赋萱》被标举为"集中第一"，置于至高地位,表现出元好问对这首诗歌的激赏。

王庭筠书法

承安二年(1197),出狱后的王庭筠降任郑州防御判官,后又复任翰林修撰。泰和二年(1202)十月,病逝于中都(今北京)。回顾王庭筠一生,仕途坎坷艰辛,屡遭贬谪,不如意事十常八九。官为司谏的路铎写有《王子端挽词》挽怀:

才名如此不偿穷,再入承明一病翁。

白发光阴文字里,黄华林麓画图中。

谪仙犹想屋梁月,荆产空怀松下风。

聊应世缘缘故在,会看归鹤语辽东。

辽金元诗

槃槃周大夫　不得早调元
——周昂《送路铎外补》

周昂（1162？—1211），字德卿，河北真定（今河北正定）人。出生于官宦之家，博学多识，24岁时擢第中进士，先任南和主簿，迁良乡令，至明昌元年（1190）入为尚书省令史。

周昂在朝时期，金章宗完颜璟的元妃李师儿，深受章宗的恩宠，继而其兄李仁惠和其弟李仁愿皆担任朝中要职，兄弟官位显赫，权倾朝野。一时之间，朝中士大夫们多趋附之，时任参知政事的胥持国就是其一。胥持国为能够进一步擅持朝政，平日里向李师儿百般逢迎，希望她向章宗美言几句，以求得宰相之职。李师儿出身贫寒，朝中没有权贵撑腰，正担忧随着容颜老去终将无以为退，若能找到胥持国这样的朝中大臣作为依靠，也算是达到"双赢"了。两人一

金代瓷器

拍即合，首当其冲受害的却是当时被称为"贤宰相"的完颜守贞。守贞为人刚直明正，名重一时，却最终在李师儿和胥持国的联合撺掇下，被章宗罢黜，而胥持国得偿所愿地"持国"了，当上了宰相。完颜守贞平素喜奖掖后进，朝廷正直人士，多出入其门下。随着守贞的罢相职，这些官员也被一并降黜。时任右补阙的路铎，向章宗上奏章辩之，说李师儿出身微贱，李氏兄弟恃宠纳赂，后恐有杨国忠之祸。章宗不听，并将路铎贬出了朝廷。

明昌五年（1194）冬，路铎外贬。临行之际，时任监察御史的周昂作诗送之，诗名《送路铎外补》：

龙移鳅鳝舞，日落鸱枭啸。

未须发三叹，但可付一笑。

诗意本为抒发路铎被贬出朝廷的牢骚，为路铎打抱不平，讥讽胥持国等人排挤正人、专权误国，并进一步劝慰路铎且莫忧叹，只是付之一笑，待日后卷土重来。然而，就这样一首牢骚诗，却险些在一年后给周昂带来杀身之祸。

明昌六年（1196）冬，赵秉文经王庭筠举荐，任职应奉翰林文字，受职后即向章宗上言："愿陛下进君子，远小人。"章宗召其入宫，使内侍问："当今君子、小人为谁？"赵秉文对曰："君子是被罢黜的'贤宰相'完颜守贞，小人是新进为宰相的胥持国。"章宗又使诘问："汝何以知此二人为君子、小人？"赵秉文慌恐而不能对，只是说："臣刚刚入得朝廷，是听朝中士大夫们如此议论。"当时胥持国"持国"不久，听闻竟有人在章宗面前斥其为"小人"，不禁勃然大怒，因此穷治其事，将修撰王庭筠，御史周昂，省令史潘豹、郑赞道、高坦等"私议"的士大夫全部下狱待罪。犹不解恨，又搜索诸人素来所作讥讽文字，别无所得，独有周昂《送路铎外补》一诗，于是连忙上呈圣上。章宗览诗一过，顿时怒，曰："此正谓世宗升遐而朕嗣位也！"章宗认为，周昂诗中的"龙""日"喻指先皇世宗完颜雍，而"鳅鳝""鸱枭"是在暗讽章宗本人，自是甚怒。朝中大臣皆惧，不敢应对，若此罪落实，实是深不可测、罪不可赦了。情急之下，参知政事孙公铎向章宗进言："周昂之诗决非讥讽圣上之作。古之人臣亦有拟为龙、为日者，如孔明卧龙、荀子八龙、赵衰冬日、赵盾夏日等，望圣上明鉴。"章宗听后也觉得有些道理，怒意才稍解。孙公铎的博学多识、机智应变，最终化解了周昂的杀身之祸，周昂应该为之感恩戴德的。死罪得免，活罪难饶。事发第二日，周昂因写讥讽诗而被杖七十，并左贬外官。

辽金元诗

这次"明昌党事"，周昂是很冤屈的。《送路铎外补》确属讥讽，但只是谴责了排挤朝中正人的胥持国等，并且诗成后并未引起多大的反响。若无赵秉文上书案，《送路铎外补》也只是一首普通的牢骚诗而已。更委屈的是周昂因赵秉文案而下狱，但二人并不相识，实是牵累于周昂。周昂受杖责后卧床不起，秉文前来致歉赔罪，被周母所诟，秉文只是说："此前生冤业也。"时人作语讽刺秉文："古有朱云，今有秉文；朱云攀槛，秉云攀人。""不攀栏槛只攀人"。

之后，周昂坐谤讪罪被贬东海，十数年后，方得再入朝廷。而"明昌党事"留给时人的记忆远末褪去，直到大安年间（1209—1211），赵秉文出刺宁夏，李纯甫在作给赵秉文的送行诗中仍然念念不忘、耿耿于怀。诗云：

明昌党事起，实夫子为根。

黄华文章伯，抱恨入九原。

槃槃周大夫，不得早调元。

株连及见黜，公独拥朱幡。

首联开门见山，直指赵秉文是"明昌党事"的祸根。纯甫以哀伤的语气深情回忆了因之而受害的两位正士，一为王庭筠（号黄华），一为周昂。受此案牵连下狱的庭筠已于泰和二年（1202）含恨而逝，周昂亦被贬至辽东十数年，郁郁不得志，反观公今日独拥朱幡，尊显于世人，岂不令人心生万千感慨！

周昂贬居辽东十数年后，起复为隆州都军，后被召为三司官。国难当头，他主动请求参与抗蒙的大战。大安三年（1211），随从完颜承裕的大军戍守边地，抵抗蒙古入侵。军败后，退走上谷，与周昂同行者皆欲逃离，昂独不从，最终城陷，周昂与从子嗣明同死于难。事实证明，曾被章宗险些戴上欺君之罪的周昂，对圣上朝廷可谓忠心耿耿，至死不渝！

金源一代一坡仙　金銮玉堂三十年

——赵秉文《饮马长城窟行》

赵秉文（1159—1232），字周臣，号闲闲老人，磁州滏阳（今河北磁县）人。自大定二十五年（1185）进士及第，调安塞簿始，秉文历仕五朝，官为六卿，这在金源一代的士大夫中是极为罕见的。《金史》本传称其"金士巨擘，其文墨、议论以及政事皆有足传"。赵秉文是金代中后期的文坛盟主，"主盟吾道将三十年"。元人郝经赞曰："金源一代一坡仙，金銮玉堂三十年。泰山北斗斯文权，道有师法学有渊。"

赵秉文

还在大定、明昌年间，金王朝国力强盛，社会安定，朝廷上下歌舞升平，平民百姓安居乐业。然自卫绍王即位始，蒙古王朝迅速崛起，成吉思汗统领大军年复一年地大举侵金，金宋之间亦是战乱频仍。身受金廷恩泽的赵秉文，痛感时势危急，国难当头，他向朝廷进献御敌谋策，甚至言"愿为国家守残破一州"，亦尝随从于军中，亲自感受战争的残酷壮烈，并用巨擘之笔以诗歌的形式记录下了交战的惨烈过程。

赵秉文初仕于安塞簿时，尚是繁荣鼎盛的"大定盛世"时期。安塞堡（今陕西安塞）毗连于西夏，金与西夏数十年间相安无事，和平共处。在任时期，赵秉文作有《塞上四首》。其一云：

树霭连山郭，林烟接塞垣。

断崖悬屋势，涨水没沙痕。

烽火云间戍，牛羊岭外村。

太平闲檄手，文字付清樽。

诗歌给我们呈现出了一幅边塞特有的辽阔景象,树霭林烟,山郭塞垣,一片荒芜中,一切都是那么空旷寂寥。而烽火台久已闲置,远处放牧的牛羊意味着百姓正过着平静而安宁的生活。正值太平盛世,诗人来到边塞地,饮酒赋诗,也乐得自在。

蒙古崛起于朔漠后,这种闲却橄手的和平岁月就一去不复返了。泰和元年(1201),时任北京路转运司度支判官的赵秉文,有感于北部边境一再受蒙古部落一再侵扰,战乱频繁,于中秋月夜之下,赋诗抒怀,作《中秋金河感怀》诗:

> 金山今夜月,辽水一尊同。
> 雁影不复北,马蹄犹向东。
> 山川新战血,宇宙旧飘蓬。
> 扰扰余生事,愁来醉眼中。

蒙古的频频入侵让诗人忧心忡忡,坐卧不宁,拳拳爱国之情溢于言表。中秋佳节,月圆之夜,诗人饮酒浇愁。然而国事纷乱,蒙古兵的铁蹄正在蹂躏着金王朝的土地,战乱的鲜血洒满河山,百姓流离失所。念及于此,诗人忧时伤民的情怀又怎能在酒杯中得到解脱?醉眼蒙眬中,依旧见"愁来"。

北有蒙古侵金,南有南宋北伐。泰和六年(1206),南宋主战派首相韩侂胄发动了北伐金朝的战争,史称"开禧北伐"。因金人早有准备,南宋贸然进攻而以失败告终。同年五月,金章宗下令大军南下,以还击宋人的北伐,史称"泰和南征"。金军以仆散揆为帅,赵秉文从征,掌管军事文书的草撰工作。20年前,诗人于西夏边境写《塞上四首》,有"太平闲橄手"之句,却于今日应验!十一月,金兵临庐州(今安徽合肥)。赵秉文作诗《庐州城下》:

辽金元诗

> 月晕晓围城,风高夜斫营。
> 角声寒水动,弓势断鸿惊。
> 利镞穿吴甲,长戈断楚缨。
> 回首经战处,惨淡暮寒生。

诗歌生动逼真地反映了战场的肃杀氛围和战事的激烈残酷。金兵于严寒的凌晨包围了庐州,又在夜黑风高之时攻击宋营。进攻的号角声荡动了寒冷的河水,拉弓射箭的声势惊吓了天空中过往的大雁。长戈刭镞,投向宋营兵马;厮杀过的战场,一派惨淡的凄凉景象。诗作的前三联刚刭有力,尾联苍凉深沉。诗人目睹了战事的惨烈,而此役因宋援兵及时赶到,所以金军先有小胜后又大败,终亦未能夺得城池,铩羽而归。因此诗人的情绪并没有显得慷慨激昂,反透露出对于惨淡景象的无限感慨之情。

贞祐初年,赵秉文作有古题诗《饮马长城窟行》,表露出了厌战情绪及对和平生活的渴望。诗云:

> 饮马长城窟,泉腥马不食。
>
> 长城城下多乱泉,多年冷浸征人骨。
>
> 单于吹落关山月,茫茫原上沙如雪。
>
> 十去征夫九不回,一望沙声心断绝。
>
> 北人以杀戮为耕作,黄河不尽生人血。
>
> 木波部落半萧条,羌妇翻为边地妾。
>
> 圣皇震怒下天兵,天弧夜射旄头灭。
>
> 九州复禹迹,万里还耕桑。
>
> 但愿猛士守四方,更筑长城万里长。

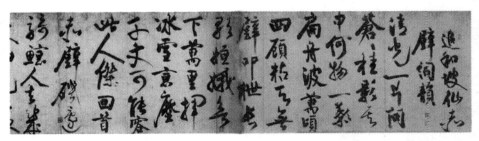

赵秉文《赤壁图卷题诗》

　　诗人从马亦不饮的长城窟落笔,"十去征夫九不回",长城下才有了如此多的征人骨。受够了太多的血腥杀戮,但愿有朝一日,"禹迹"遍布九州,人民安居乐业。

　　在《饮马长城窟行》一诗中,诗人的期望与感情是极为真挚的,然而,又是极不现实的。蒙古部落的铁骑依旧没有停下征讨的步伐,并在二十余年后,最终灭掉了金王朝。反观赵秉文的诗歌轨迹,和平的岁月里期望一展身手,莫负"橄手";泰和南征时终于得偿夙愿,却并未有欣喜自得之意;目睹战事的惨烈与百姓的流离失所后,诗人忧时伤民,期望"万里还耕桑","太平闲橄手"又如何!

赵秉文《赵霖昭陵六骏图题跋》

辽金元诗

人物世衰如鼠尾　后生未可议前贤

——王若虚《戏作四绝》

　　王若虚(1174—1243),字从之,号慵夫,晚年又号滹南遗老,真定藁城(今河北藁城)人。自幼受到其舅周昂的精心教益,聪颖好学,能诵古诗至万余首。承安二年(1197)中经义进士,贞祐南渡前,历任鄜州录事,管城、蒙山二县公,入为国史院编修官。南渡后迁应奉翰林文字,平凉府判官,左司谏,翰林直学士。金亡不仕,东游泰山,谓同游曰:"汩没尘土中一生,不意晚年乃造仙府,诚得终老此山,志愿毕矣。"终卒于泰山。

王若虚《滹南遗老集》

　　王若虚在文学领域的建树,主要体现在其卓越的议论才华及批评理论方面。刘祁《归潜志》曾言及赵秉文、李纯甫和王若虚三人的特长:"会于赵则取其作诗法,于李则取其为文法,若王,则贵议论文字有体致",认为赵长于诗,李长于文,而王若虚长于议论。在王若虚的诗论名著《滹南诗话》以及论诗诗中,大胆而尖锐的议论和批评俯拾即是。

　　金源一代,文人创作大多受到苏轼、黄庭坚的影响,对苏黄二人都甚为推崇。王若虚尊苏学苏,却非常不满于黄鲁直诗作的奇险怪异,在《滹南诗话》及论诗诗中作了激烈的批驳。如《滹南诗话》云:"鲁直于诗,或得一句而终无好对,或得一联而卒不能成篇,或偶有得而未知可以赠谁,何尝见古之作者如是哉?"另外,王若虚专门作了四首论诗诗,以苏黄优劣比较的方式褒扬苏诗,进而批评黄诗。诗作《山谷于诗每与东坡相抗,门人亲党遂谓过之。而今之作者,亦多以为然。予尝戏作四绝云》:

> 骏步由来不可追,汗流余子费奔驰。
> 谁言直待南迁后,始是江西不幸时。

> 信手拈来世已惊,三江衮衮笔头顺。
> 莫将险语夸勍敌,公自无劳与若争。

> 戏论谁知是至公,蟠蚌信美恐生风。
> 夺胎换骨何多样,都在先生一笑中。

> 文章自得方为贵,衣钵相传岂是真。
> 已觉祖师低一着,纷纷法嗣复何人。

辽金元诗

　　首诗中,诗人赞东坡骏步,鲁直区区持斤斧准绳之说,随其后而与之争,实是枉费奔驰。在《滹南诗话》中,诗人就曾言:"鲁直欲为东坡之迈往而不能,于是高谈句律,旁出样度,务以自立而相抗,然不免居其下也,彼其劳亦甚哉!""此所以力追东坡而不及欤!"东坡之诗纵横变化,莫可测其端倪,鲁直则拘泥于句法,终难与东坡抗衡。

　　二诗中,诗人驳斥了黄庭坚的奇险诗风,苏诗信手拈来,却又浑然天成,似肺肝中流出。《滹南诗话》云:"山谷之诗,有奇而无妙,有斩绝而无横放,铺张学问以为富,点化陈腐以为新。"山谷以才学为诗,诗句斩绝而奇险,然抵不过苏诗的纵横奔放,挥洒自如。

　　三诗中,诗人集中讨伐了江西诗派一以贯之的理论主张"夺胎换骨"。这在其诗论《滹南诗话》中亦有体现:"鲁直论诗,有夺胎换骨、点铁成金之喻,世以为名言,以予观之,特剽窃之黠者耳。"直斥这一主张为"剽窃之黠者",言辞大胆激烈,不留余地,从关键点上根本否定了山谷及江西诗派。

　　尾诗中,诗人提出了自己的诗论主张:"自得"。认为文无定法,贵在自然天成，论文作诗应常行于所当行，常止于不可不止。江西诗派以"夺胎换骨""点铁成金"之法衣钵相传，王若虚对此更是嗤之以鼻："鲁直开口论句法，此便是不及古人处。而门徒亲党以衣钵相传，号称法嗣，岂诗之真理也哉？"

这四首论诗诗对黄庭坚及江西诗派冷嘲热讽，表明王若虚不屑一顾的态度。苏黄孰优孰劣本已不言而喻，然而诗人犹未尽兴，绝句中首首都有直白之语："骏步由来不可追""公自无劳与若争""都在先生一笑中""已觉祖师低一着"，一再重申了扬苏抑黄之意。这组诗歌犹如当头棒喝，给金代王庭筠、雷希颜等黄庭坚的仰慕者迎面一击，并对后世苏黄比较论产生了深刻影响。

王若虚不仅对百年前的黄庭坚痛加针砭，即如当代诗人，若不合己意，亦毫不留情面，正面地反驳批评。王庭筠曾有诗句"近来陡觉无佳思，纵有诗成似乐天"（原诗已佚），王若虚听闻后甚为不满，遂作有论诗诗《王子端云"近来陡觉无佳思，纵有诗成似乐天"，其小乐天甚矣，予亦尝和为四绝》：

> 功夫费尽谩穷年，病入膏肓不可镌。
> 寄与雪溪王处士，恐君犹是管窥天。

> 东涂西抹斗新妍，时世梳妆亦可怜。
> 人物世衰如鼠尾，后生未可议前贤。

> 妙理宜人入肺肝，麻姑搔痒岂胜鞭。
> 世间笔墨成何事，此老胸中具一天。

> 百斛明珠一一圆，丝毫无恨彻中边。
> 从渠屡受群儿谤，不害三光万古悬。

王庭筠比王若虚年长二十余岁，可谓是前辈诗人了。二人的诗学观念大相径庭，王庭筠将无佳思而成的诗歌比成白乐天诗，王若虚却是素来对乐天诗大加褒扬。他尝言："乐天之诗，情致曲尽，入人肝脾，随物赋形，所在充满，殆与元气相侔。""乐天之诗，坦白平易，直以写自然之趣，合乎天造，厌乎人意，而不为奇诡以骇末俗之耳目。"对白居易及其诗作的高度称赏，让王若虚愤然于"纵有诗成似乐天"，真是"其小乐天甚矣"！

王庭筠这位名重一时的文坛领袖,赵秉文曾给其寄"寄语雪溪王处士"诗,表达后生的尊敬与仰慕之情。王若虚亦写"寄与雪溪王处士",却是批评他"管中窥天""病入膏肓",言辞如此锋利而不留情面,令人震惊。接下来更是句句紧逼,说王庭筠诗歌"东涂西抹""衰如鼠尾""麻姑搔痒",极尽嘲讽。相反,赞白乐天诗"妙理宜人",誉其为"百斛明珠",极力揄扬。

在上述批评王庭筠竟如此轻视乐天诗的绝句中,王若虚有句"后生未可议前贤"。意谓告诫王庭筠及世人,未可轻议前贤,遑论轻视!然而,王若虚的以上两组论诗诗,岂非"后生议前贤"乎?只不过,这样一位个性特异、不避利害、对事不对人的诗人及诗歌批评家,其诗歌批评与议论,在尖锐刻薄的语词中,亦包涵深刻而新颖的见解。正缘于此,他的诗论主张对后世产生了深远影响,并在诗歌批评史上占有重要地位。

李山《风雪杉松》

阿经瑰奇天下士　笔头风雨三千字

——李纯甫《送李经》

李纯甫（1177—1223），字之纯，号屏山居士，弘州襄阴（今河北阳源）人。承安二年（1197）中经义进士。贞祐南渡前曾任蓟州军事判官、淮上军参谋、翰林应奉等职，南渡后，仕至尚书右司都事。早年颇为自负，谓功名俯拾可取，曾作《矮柏赋》，以诸葛亮、王猛自期，慨然有经世之志。北方兵起，纯甫曾几度从军，并上疏论事，惜均未被采纳。

中年时期，纯甫自觉到大济天下的理想不得行之于道，遂心灰意冷，"纵酒自放，无仕进意"，"居间，与禅僧、士子游，惟以文酒为事"。作为金代后期的文坛领袖之一，纯甫被公认为

李纯甫

辽金元诗

名重一时的豪杰之士。他又天资喜士，善于奖掖后进，若其人诗文有可称之处，必定极口称赞，延誉于人。一时才士，皆趋向之，由纯甫之推誉而显于世，因此纯甫号为"当世龙门"。当时，周嗣明、张伯玉、雷希颜、李经、王郁、麻九畴、宋九嘉等人都追随其间，过从甚密。

这些追随者中，李经是颇为独特的一位。李经，字天英，锦州（今辽宁锦州市）人。少有异才，性格慷慨豪放，任侠尚气，作诗惨淡经营，喜出奇语。纯甫见其诗后曾称赞道"真今世之太白也"，延誉于诸公间，由是而声名大震。李经曾就读于太学，汴京时期就得与诸名流人士赋诗酬唱，宴饮交游。经纯甫的称推，更是在当时士人中赢得盛誉，往还交游者甚多。其中如周嗣明、张伯玉、雷希颜诸人就与李经交往颇密。

然而，这样一位交游于士子名流、享誉于京都的少年才子，却在大安元年

（1209）的科举考试中，又一次名落孙山。李经累举不第，无奈只好返辽归乡。临行之际，向来交游的众多名流赋诗送别，俨然成为一时之盛事。期间，高宪作诗《寄李经》，周昂作有《送李天英下第》，赵秉文亦作《送李天英下第》。赵诗中云："二年客京华，一第为亲屈。文字天地雠，风云囚霹雳。鸾凤望霄汉，骐骥伴荆棘。"将李经誉为"鸾凤""骐骥"，盛赞其文才人品，并感叹其不幸的遭际。在当时的送别诗中，最引人注目的应属李纯甫所作的名篇《送李经》。诗云：

> 髯张元是人中雄，喜如俊鹘盘秋空。
> 怒如怪兽拔枯松，老我不敢撄其锋。
> 更着短周时缓颊，智囊无底眼如月。
> 斫头不屈面如铁，一说未穷复一说。
> 勍敌相扼已铮铮，二豪同军又连衡。
> 屏山直欲把降旌，不意人间有阿经。
> 阿经瑰奇天下士，笔头风雨三千字。
> 醉倒谪仙元不死，时借奇兵攻二子。
> 纵饮高歌燕市中，相视一笑生春风。
> 人憎鬼妒愁天公，径夺吾弟还辽东。
> 短周醉别默无语，髯张亦作冲冠怒。
> 阿经老泪和秋雨，只有屏山拔剑舞。
> 拔剑舞，击剑歌，人非麋鹿将如何？
> 秋天万里一明月，西风吹梦飞关河。
> 此心耿耿轩辕镜，底用儿女肩相摩。
> 有智无智三十里，眉睫之间见吾弟。

辽金元诗

诗歌运用新警生动的言辞，形象鲜明地描绘出了李纯甫、李经、张伯玉和周嗣明四位豪杰的英雄气概和不屈精神。诗作含意极富，层层递进和突然转折之中，凸显出了送别的主人公——李经的"瑰奇"风貌。首先出场的是人中雄"髯张"，即张伯玉，因伯玉"美风姿，髯齐于腹"，故称。诗人用两个新奇怪异的比喻来形容张伯玉的喜怒情态，逼真地再现了他豪迈不羁的奇士形象。其次是"短周"，即周嗣明，因其"短小精悍，有古侠士之风"，故称。诗人赞其眼如月，面如铁，坚强不屈，智慧无敌。两位豪杰铁骨铮铮，十足英雄，自己岂是敌手？正欲举旗投降，不意人间有阿经，从而引出了诗人所要送别的主角李经。作者盛赞李经笔头落风雨，瑰奇天下士，将其比拟为"自称臣是酒中仙"的"谪仙"李白，写其纵饮高歌，快意春风。紧接着笔锋突转，回归送别主题。李经再举落第，失意还辽东，送行者中，周嗣明醉酒浇愁，默默不语；张伯玉打抱不平，怒发冲冠。周、张的情态写出了黯然伤别的情绪和怀才未遇的愤恨。再看李经呢？人憎鬼妒而命途多舛的奇士，老泪和秋雨。只有诗人长歌舞剑，送别李经，遥想有明月寄情，有飞梦托愿，情愫绵绵，此心耿耿。

李纯甫用纵横奔放的笔端，满怀深情地写下了李经、张伯玉、周嗣明三位奇士的风貌特征，抒发了诗人对李经再举受挫的悲慨和愤懑，更写出了对他北归故里的依依不舍及深厚情谊。诗中先后两次亲切地称李经为"吾弟"，三次呼为"阿经"，一如《归潜志》言李纯甫交友"与之拍肩尔汝，忘年齿相欢，教育抚摩，恩若亲戚"，尽显亲近的情意，令人感慨。整首诗作造意奇崛不凡，结构起伏跌宕，语言生新突变，体现出独特的艺术魅力，可谓是李纯甫奇创怪异诗风的代表作品。

返归辽东三年后，李经尚作有《杂诗》以悲叹壮心未泯却又潦倒失意的生活："晨井冻不爨，谁疗壮士饥。天厩玉山禾，不救我马瘏。"再往后，这位传奇豪士逐渐淡没于世人的视野中，最终竟"不知所终"。他犹如昙花一现，亦曾风云一时，如今其人其事已多不可考，只有李纯甫这首《送李经》留传后世，让人们忆念起这位"瑰奇天下士""今世之太白"。

故事里的金诗

一代文宗　诗坛豪杰

元好问（1190—1257），字裕之，号遗山，忻州秀容（今山西忻州市）人。祖系北魏拓跋氏，鲜卑族后裔。其父元德明，"自幼嗜读书，口不言世俗鄙事，乐易无畦畛，布衣蔬食处之自若，家人不敢以生理累之。累举不第，放浪山水间，饮酒赋诗以自适，年四十八卒"。元好问七岁能诗，太原王汤臣称其为"神童"。十四岁时，其叔父元格官陵川（今山西陵川县）令，好问亦随往，并拜著名学者郝天挺为师，钻研经史，贯通百家，前后凡六年，打下了深厚的基础。六年业成后，好问作诗抒其不舍之情："潞州住久似并州，身去心留不自由。白塔亭亭三十里，漳河东畔几回头。"（《初发潞州》）之后，好问的成名之作《箕山》《元鲁县琴台》等诗受到了当时的文坛领袖赵秉文的激赏，誉其"少陵以来无此作也"。

辽金元诗

· 091 ·

兴定五年（1221），三十二岁的元好问进士及第。哀宗正大元年（1224），中博学宏词科，任国史院编修官。正大三年（1226）到正大八年（1231）的六年时间里，好问先后任镇平、内乡、南阳三县令。后受朝廷之召，入朝为尚书省令史，历任左司都事、左右司员外郎。天兴元年（1232），元蒙大军围攻汴京，王朝危在旦夕；十二月，哀宗从汴京出逃。天兴二年（1233），汴京城内崔立叛乱，开城投降。城陷后，困于围城内的元好问沦为阶下囚，被蒙古军羁管于山东聊城。金亡不仕，潜心于著述。蒙古宪宗七年（1257）九月病逝，享年六十八岁。

扁舟未得沧波去　惭愧春陵老使君

——元好问《内乡县斋书事》

正大三年（1226）秋天，元好问任镇平（今河南镇平县）令，到任不久，即离职而去。正大四年（1227），任内乡（今河南内乡县）令。两年的县令生涯中，好问深切感受到了农村极为贫穷凋敝的生活状况，他深深地同情处于水深火热中的低层百姓。然而，金廷委派的县令，又得以催征租税为其职责，为完成使命，他必须逼迫百姓甚至动用鞭笞。孰是孰非，好问的心中充满矛盾与自责。《宿菊潭》诗云：

金代陶俑

辽金元诗

田父立马前，来赴长官期。

父老且勿往，问汝我所疑。

民事古所难，令才又非宜。

到官已三月，惠利无毫厘。

汝乡之单贫，宁为豪右欺。

聚讼几何人，健斗复是谁。

官人一耳目，百里安能知。

东州长官清，白直下村稀。

我虽禁吏出，将无夜叩扉。

教汝子若孙，努力逃寒饥。

军租星火急，期会切莫违。

期会不可违，鞭朴伤汝肌。

伤肌尚云可，夭阏令人悲。

　　诗人苦口婆心地劝慰乡亲,勿聚众吵闹斗殴,要教育子孙勤勉劳动,摆脱寒饥。租税急迫如星火,可莫误了纳税的期限啊。不然,轻则招来鞭抽棒打,重则性命堪忧。从诗歌中,我们可以感受到诗人的谆谆告诫之意,忧国忧民之情。忧国的诗人希望田父如期交纳赋税,"期会切莫违";忧民的诗人同情忍寒挨饿的百姓,"努力逃寒饥"。这种矛盾让元好问陷入了痛苦的思考。百感交集,如何是好?想起宁愿弃官亦不肯逼迫百姓的远祖元结,更是愧疚之感油然而生。《内乡县斋书事》即是这一时期的感慨之作,诗云:

> 吏散公庭夜已分,寸心牢落百忧熏。
> 催科无政堪书考,出粟何人与佐军。
> 饥鼠绕梁如欲语,惊乌啼月不堪闻。
> 扁舟未得沧浪去,惭愧舂陵老使君。

　　处理完公事后的午夜时分,诗人忧愁满怀,寸心百结,难以入睡。租税无法收齐,无从交差,政绩自然受到影响,但转念又想,连年混战,民生凋敝,自顾尚不暇,又有何人出得起赋税呢。诗人不禁想起远祖——唐代曾官监察御史、道州刺史、赠礼部侍郎的元结,同样是向穷苦不堪的百姓催逼赋税,元结却敢于直斥朝廷的横加征敛。元好问此诗后原有自注云:"远祖次山《舂陵引》云:'思欲委符节,引竿自刺船。'故子美有'兴含沧浪清'之句。""惭愧舂陵",好问自惭未有远祖舍官而去、泛舟沧浪的气魄。此处"思欲"二句非出于元结《舂陵行》,原出其《贼退示官吏》诗。元结任道州刺史时,曾写下著名的《贼退示官吏》和《舂陵行》:

辽金元诗

> 癸卯岁,西原贼入道州,焚烧杀掠,几尽而去。明年,贼又攻永破邵,不犯此州边鄙而退。岂力能制敌与?盖蒙其伤怜而已。诸使何为忍苦征敛,故作诗一篇以示官吏。
>
> 昔岁逢太平,山林二十年。
> 泉源在庭户,洞壑当门前。
> 井税有常期,日晏犹得眠。
> 忽然遭世变,数岁亲戎旃。
> 今来典斯郡,山夷又纷然。

城小贼不屠，人贫伤可怜。

是以陷邻境，此州独见全。

使臣将王命，岂不如贼焉？

今彼征敛者，迫之如火煎。

谁能绝人命，以作时世贤！

思欲委符节，引竿自刺船。

将家就鱼麦，归老江湖边。

——《贼退示官吏》并序

　　癸卯岁，漫叟授道州刺史。道州旧四万余户，经贼已来，不满四千，大半不胜赋税。到官未五十日，承诸使征求符牒二百余封，皆曰"失其限者，罪至贬削"。於戏！若悉应其命，则州县破乱，刺史欲焉逃罪；若不应命，又即获罪戾，必不免也。吾将守官，静以安人，待罪而已。此州是春陵故地，故作《春陵行》以达下情。

军国多所需，切责在有司。

有司临郡县，刑法竞欲施。

供给岂不忧？征敛又可悲。

州小经乱亡，遗人实困疲。

大乡无十家，大族命单羸。

朝餐是草根，暮食仍木皮。

出言气欲绝，意速行步迟。

追呼尚不忍，况乃鞭挞之！

邮亭传急符，来往迹相追。

更无宽大恩，但有迫促期。

欲令鬻儿女，言发恐乱随。

悉使索其家，而又无生资。

听彼道路言，怨伤谁复知！

"去冬山贼来，杀夺几无遗。

所愿见王官，抚养以惠慈。

奈何重驱逐，不使存活为！"

安人天子命，符节我所持。

辽金元诗

州县忽乱亡，得罪复是谁？

逋缓违诏令，蒙责固其宜。

前贤重守分，恶以祸福移。

亦云贵守官，不爱能适时。

顾惟孱弱者，正直当不亏。

何人采国风，吾欲献此辞。

——《舂陵行》并序

元结诗充满激愤之情，将前来征敛的使臣喻之为贼，战乱过后，朝餐草根、暮食木皮的苦难百姓，又何来租税交供？诗人绝不会强加征敛，以乍"时世贤"。为此，元结不惜弃官而去，归老江湖边。对于远祖元结，好问一向是甚为敬佩而引以为豪的，他曾作诗《聱斋》（元结的斋名）："弓刀陌上未知还，心寄渔郎笭箵间。名作聱斋疑未尽，峿山衣钵在遗山。"

欲仿效元结而不得的元好问，最终为南阳的老百姓办了件大好事。他为民请命，向朝廷上报了战乱带给南阳人民的灾难，终获准免税三年。为此，诗人还曾满怀信心地赋诗道："荒田满眼人得耕，诏书已复三年征。早晚林间见鸡犬，一犁春雨麦青青。"元好问三为县令的六年时间里，他体恤民情，劳扶流亡，老百姓亦对其恋恋不舍，感恩戴德。在多年后所作的《九日读书山用陶诗露凄暄风息气清天旷明为韵赋十诗》中，他仍难忘这份深情："父老遮道留，谓我欲登仙。一别半山亭，回首余十年。江山不可越，目断西南天。"

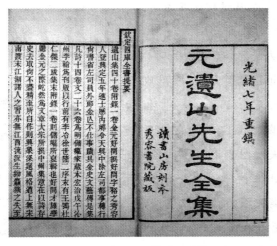

元好问《元遗山先生全集》

国家不幸诗家幸　赋到沧桑句便工
——元好问的纪乱诗

从蒙古大举南侵,攻下陕西重镇凤翔,围攻汴京,哀宗弃城而逃,到汴京沦陷,元好问沦为阶下囚,好问或亲眼看见,或亲身参与其中,这些重大的历史事件足够惊心动魄,引人深思。元好问用手中的笔,真实地记录下了战事的残酷、金廷的灭亡和他自身所经历的凄惶的南冠生活。其纪乱诗上承杜甫沉郁悲壮的诗风,又更为"声调茂越,气色苍浑",堪称杜诗后的另一座诗史丰碑。

正大八年(1231)正月,蒙古大军围陕西凤翔,至四月,城陷。蒙古军在凤翔城内开始了毫无人性的残暴大屠杀。元好问时任南阳令,听闻后极为悲痛,写下了《岐阳》三首。如其二:

辽金元诗

> 百二关河草不横,十年戎马暗秦京。
> 岐阳西望无来信,陇水东流闻哭声。
> 野蔓有情萦战骨,残阳何意照空城。
> 从谁细向苍苍问,争遣蚩尤作五兵?

作者以岐阳为诗题,因北魏时曾在凤翔建岐州,隋文帝又于此建岐阳宫。首联既写秦中之地形势险峻,易守难攻,又写金军守备松弛,无力御敌。从兴定五年(1221)蒙古军攻陕西潼关始,秦中地区连年战事,至凤翔失陷已有十年了。频繁的战乱使饱尝患难的人民早已疲惫不堪。凤翔城陷,人们流离失所,由秦地东徙避乱,一路风餐露宿,死伤无数,"陇头流水,鸣声呜咽"。前人这样记述百姓逃难的凄惨情

代鱼纹盆

景："秦民之东徙者,馀数十万口,携持负戴,络绎山谷间。昼餐无糗糒,夕休无室庐。饥羸暴露,滨死无几。"普通百姓如此悲惨,浴血奋战的将士们呢?生者哭,死者骨。阵亡的士兵太多,根本来不及掩埋,只是任其弃于草野之中,蔓草萦骨,却说"野蔓有情"!百姓流亡,留在凤翔城内的只有遍野横尸,残阳又何忍照之!诗人的沉痛之感已是无以复加。不禁细问苍天,但又充满无奈——天若有情天亦老。

天兴元年(1232)三月,蒙古军又包围了汴京,形势极为严峻,好在两国议和后,蒙古大军暂时撤退。七月,因蒙古使臣被汴京城内金飞虎军所杀,蒙古以此为借口再次围汴,誓欲灭金。至十二月,城内守军已是弹尽粮绝,又孤立无援。金哀宗出城东逃至汝州(今河南临汝),翌年在黄河岸边与蒙古军交战,败退而守归德(今河南商丘)。六月,逃至蔡州(今河南汝南)。宋军闻讯后,八月与蒙古军一起围攻蔡州。天兴三年(1234)正月,哀宗自缢,蒙古军入城,末帝完颜承麟被杀,金亡。哀宗离开汴京时,时任左司都事的元好问留在城内,目睹了惨烈战事的全过程,写下了《壬辰十二月车驾东狩后即事五首》。其二曰:

> 惨淡龙蛇日斗争,干戈直欲尽生灵。
> 高原水出山河改,战地风来草木腥。
> 精卫有冤填瀚海,包胥无泪哭秦庭。
> 并州豪杰今谁在,莫拟分军下井陉。

辽金元诗

写《岐阳三首》时,诗人尚任南阳令,于凤翔城外闻讯后作。而写"车驾东狩"诗的元好问已是身陷城中,亲身经历,感受尤为深沉痛切。战事已经打得天昏地暗,干戈简直要灭尽所有的生灵,"百川沸腾,山冢崒崩",血染草木,吹过来的野风中充满着血腥味。此时的金王朝已是濒临绝境,再也没有楚国大夫申包胥这样的忠臣义士,为求援兵而七日不食,日夜痛哭。更不知能向谁求救了,南宋已联盟蒙古,合力攻金。绝望中,诗人仍心存幻想,豪杰今安在,谁来保国勤王?

天兴二年(1233)四月,汴京的守将崔立发动兵变,劫杀了宰相,开城投降。蒙古军进入汴京后,意欲如凤翔般再次屠城,幸经劝阻而免下毒手。但金皇族未免于难,四月二十日皇族五百余人被押至蒙古军后,除太后、皇后、妃嫔外尽皆杀害。四月二十九日,元好问等大臣亦被押出汴京,羁于青城(今河南开封市内）。元好问作有诗《癸巳四月二十九日出京》：

> 塞外初捐宴赐金，当时南牧已骎骎。
>
> 只知灞上真儿戏，谁谓神州遂陆沉。
>
> 华表鹤来应有语，铜盘人去亦何心。
>
> 兴亡谁识天公意，留著青城阅古今。

　　自海陵王完颜亮正隆年间（1156—1161）开始，就曾下诏向北方猛安、谋克诸少数民族部落宴赐金钱。金章宗明昌二年（1191）起，改为五年一宴赐。然而，蒙古部落并不领情，势力急速向南扩张。金军却如同灞上军之"儿戏"，战备松弛，不堪一击，致使神州陆沉，沦为亡国之地。"城郭如故人民非"，物是人非事事休，欲语泪先流，诗人心情之悲愤痛苦溢于言表。"兴亡谁识天公意"？诗句中渗透着诗人深刻的历史意识。青城犹如一位历阅古今的历史见证者：靖康二年（1127），金人攻破汴京，正是在青城，北宋的后妃皇族皆诣于此，金帅受徽、钦二帝降；天兴二年（1233），蒙古大军破汴京，亦是在青城，金廷的后妃内族复诣此地，蒙古元帅受金朝之降。"天兴初年靖康末，国破家亡酷相似。"前后两个朝代的覆亡，历史总是惊人的相似，岂不感慨！

　　天兴三年（1233）秋，元好问被拘押于聊城（今山东聊城）。身为"南冠"，他作了著名的《南冠行》：

> 南冠累累渡河关，毕逋头白乃得还。
>
> 荒城雨多秋气重，颓垣败屋深茅菅。
>
> 漫漫长夜浩歌起，清涕晓枕留余潸。
>
> 曹侯少年出纨绮，高门大屋垂杨里。
>
> 诸房三十侍中郎，独守残编北窗底。
>
> 王孙上客生光辉，竹花不实鹓雏饥。
>
> 丝桐切切解人语，海云唤得青鸾飞。
>
> 梁园三月花如雾，临锦芳华朝复暮。
>
> 阿京风调阿钦才，晕碧裁红须小杜。
>
> 长安张敞号眉妩，吴中周郎知曲误。
>
> 香生春动一诗成，瑞露灵芝满窗户。

鱼龙吹浪三山没,万里西风入华发。

无人重典鹔鹴裘,展转空床卧秋月。

宝镜埋寒灰,郁郁万古不可开。

龙剑出地底,青天白日驱云雷。

层冰千里不可留,离魂楚些招归来。

生不愿朝入省暮入台,愿与竹林嵇阮同举杯。

郎食猩猩唇,妾食鲤鱼尾,不如孟光案头一杯水。

黄河之水天上流,何物可煮人间愁?

撑霆裂月不称意,更与倒翻鹦鹉洲。

安得酒船三万斛,与君轰醉太湖秋。

元好问于诗下自题曰:"癸巳秋,为曹得一作"。曹得一,字道甫,为遗山的诗友,生平不详,也许逝于战乱中。该诗在悼念亡友中写其失落悲愤之意,同时蕴含着诗人慷慨豪杰的个性本色。从聊城囚禁地的恶劣环境写起,颓垣败屋,野草遍地,雨多秋气重,引发诗人对曹得一的怀念追忆。曹氏出身高贵,不慕荣利,琴乐歌诗,才华超群,却英年早逝,不得天年。曹氏的死犹如"宝镜埋寒灰""龙剑出地底",诗句在沉痛悲惋中透露出雄豪壮气,诗人期盼曹得一的魂魄归来,与君一醉方休。"何物可煮人间愁"? 诗人身陷囹圄,自料再难有生还的希望,愁极时,即便是倒翻汀州,撑霆裂月,亦不称意。不若"与君轰醉太湖秋",与曹君痛饮三万斛。壮阔雄奇的意象中,透露出诗人雄豪的个性。清人陶玉禾在《金诗选》中赞誉此诗:"意到笔随,古语如自己出,横恣逸宕,淋漓满志","波澜相推,若无终穷"。

辽金元诗

上述四首纪乱诗,仅是元好问诸多纪乱诗中的代表作品。在这些诗歌中,我们看到了战争的残暴酷烈,将士的血洒战场,百姓的苦难流亡,看到了元好问的绝望与希望,无奈与同情。元诗的悲痛感伤与雄豪壮怀,不禁悲从中来,正可谓"此等感时触事,声泪俱下,千载后犹使读者低徊不能置"。

且莫独罪元遗山

——元好问《秋夜》

天兴二年（1233）春，汴京城内弹尽粮绝，军民死伤无数，人人惶惶不可终日，形势一片混乱。京城西面元帅崔立眼看国家倾危，大势已去，擅杀了宰相奴申、阿不，向元军投降。降后，城中群小献谄，言其因降京城而救了"百万生灵"，请为崔立建功德碑，翟奕以尚书省命，召翰林直学士王若虚为文。若虚自料必死，私下对元好问说："今召我作碑，不从则死，作之则名节扫地，不若赴死。虽然如此，我且以理谕之。"并质问翟奕等："功德碑当指何事为言？""自古岂有门下人为主帅诵功德

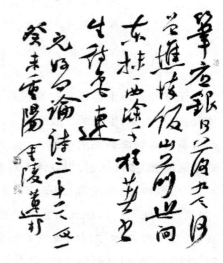

元好问《论诗三十首》

而为后人所信者？"奕等不能夺，遂又胁迫太学生刘祈等起草碑文。元好问却未躲过此劫，迫于崔立淫威，将碑文修改删定。最后取宋徽宗时的甘露碑磨而刻之。只是元军入汴京后，这块碑就下落不明了，建功德碑事以闹剧收场。但它给元好问带来的负面影响延续了很长时间，自始至终，元好问都对此事耿耿于怀，多次喊冤自辩。

元好问被元军羁押于聊城时，回想此事，心甚不甘，又敢怒不敢言，只得将之托于诗歌，作《秋夜》述其难言之隐：

九死余生气息存，萧条门巷似荒村。

春雷谩说惊坯户，皎日何曾入覆盆。

济水有情添别泪，吴云无梦寄归魂。

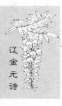

辽金元诗

百年世事兼身事，尊酒何人与细论。

诗人感叹，曾经的城中街道已如荒野山村般冷清，好不容易死里逃生，如今也仅剩一息尚存。为崔立树碑事，更是心生悔恨，冤屈难伸。诗人连用两个新奇的比喻，诉说自己的冤屈：春雷并不能惊动坏户的蛰虫，日光又怎会照入覆盆之中？春雷响起，本是蛰虫破穴而出的时候，如今诗人沦为阶下囚，却无解脱之日。覆盆之内难见天日，犹如诗人的冤屈，亦不复见天日。这种痛苦与懊悔能向谁诉说？遥想南方的家人，梦中寄归魂吧，却是"和梦也，新来不做"，只有一洒相思泪了。金王朝前后百年，匆匆而亡，自己又做了有损名节的事，世事身事，纷纷纭纭，谁人可与举杯，重与细论？

后来，元好问在《外家别业上梁文》中，又重申当日树碑的缘由："初，一军构乱，群小归功。劫太学之名流，文郑人之逆节。命由威制，佞岂愿为？伊谁受赏，于我嫁名？"崔立的威逼下，不得不委曲求全，又岂是心甘情愿？事成之后，有人受赏谢恩，又为何嫁名于我？元好问的心中激愤难平，又痛恨又懊恼。深受元好问影响的元代诗人郝经，熟悉这段史事，曾作有《辨磨甘露碑》诗，为元好问脱罪。诗云：

辽金元诗

　　　　国贼反城自为功，万段不足仍推崇。
　　　　勒文育德召学士，滹南先生付一死。
　　　　林希更不顾名节，兄为起草弟亲刻。
　　　　省前便磨甘露碑，书丹即用宰相血。
　　　　百年涵养一涂地，父老来看暗流涕。
　　　　数樽黄封几斛米，卖却家声都不计。
　　　　盗据中国责金源，吠尧极口无靦颜。
　　　　作诗为告曹听翁，且莫独罪元遗山。

诗歌简略叙述了崔立碑事件的前后经过，并最终落到"辨"上，替元遗山辩诬，"且莫独罪"。诗中说，崔立反城投降却自以为功，召儒士勒文诵德，若虚以死想拒，崔立便假称立碑是京城父老的意愿，胁逼太学生刘祈等起草磨刻。然而，城中百姓岂有此意，"父老来看暗流涕"。起草碑文，只为些许米酒，就将儒者名节置之度外，岂不悲痛。世人都谴责遗山背弃名节，实则起草碑文事另有其人，且莫将这个罪名全部押在遗山的身上了。

当日，崔立押送金廷的宗室妃嫔五百余人投降元军，宗室全遭杀害。扫除了皇族的障碍，崔立欲仿效刘豫，建立元朝扶持的傀儡政权，却并未得逞。史载崔立"大肆淫虐，征索暴横"，汴京城内的将士百姓怨声载道，迫于其淫威一时忍气吞声。冤孽总有报应时，天兴三年（1234）六月，李伯渊愤恨崔立无恶不作，灭绝人性，遂相约李琦、李贱奴等人，暗用计谋，于道中劫而杀之。事成后，李伯渊将崔立尸体系于马尾，向众人道："立杀害劫夺，烝淫暴虐，大逆不道，古今无有，当杀之不？"众人齐应道："寸斩之未称也！"于是将其斩首，悬于高木，遥祭哀宗之灵。一军哀号，声动天地。元好问听闻此事，欣喜非常，作下《即事》一诗：

逆竖终当鲙缕分，挥刀今得快三军。

燃脐易尽嗟何及，遗臭无穷古未闻。

京观岂当诬翟义，衰衣自合从高勋。

秋风一掬孤臣泪，叫断苍梧日暮云。

崔立这个"逆竖""国贼"，曾逼迫自己删写功德碑，致己名节扫地，落下一生都难洗掉的污点，如今终于被愤怒的人民千刀万剐，实是罪有应得，大快人心。甘冒生命危险的忠烈之士会得到人们的拥戴崇敬，而崔立的恶名终将永传于后世。在诗人酣畅淋漓地责骂崔立后，尾联话锋一转，抒发了悲痛的悼念之情。哀宗已死，国家已亡，孤臣念及此，不禁悲从中来，泪洒秋风。

崔立碑事件，在碑文的起草、修改过程中，元好问究竟参与了多少，具体真相又是如何，前人众说纷纭，尚无定案。但从相关记载来看，我们认为，好问终究是有所参与，只是"且莫独罪元遗山"！

元好问端砚

被风吹去落谁家

——元好问《金谷怨》

　　元好问和李长源之间发生过一段趣事。两人同乡里，且各有诗名。从贞祐南渡之初，至金亡前夕李长源被害的二十年间，两人酬唱赠答，私交甚密。李长源好愤怒，好问尝云"长源有愤击经"。元遗山好滑稽，长源则以诗讥詈。留传至今的《金谷怨》及《代金谷佳人答》两首诗歌，即是二人的调侃之作。

　　正大年间，哀宗召故驸马都尉仆散阿海的女子入宫，后以人言其罪，又被放出宫中。元好问听闻后，作乐府诗《金谷怨》：

娃儿十八娇可怜，亭亭袅袅春风前。

天上仙人玉为骨，人间画工画不出。

小小油壁车，轧轧出东华。

金缕盘双带，云裙踏雁沙。

一片朝云不成雨，被风吹去落谁家？

少年岂无恩泽侯，金鞍绣帽亦风流。

不然典取鹔鹴裘，四壁相如堪白头。

金谷楼台悄无主，燕子不来花著雨。

只知环珮作离声，谁向琵琶得私语。

无情鹦鹉翡翠儿，有情蜂雄蛱蝶雌。

劝君满酌金屈卮，明日无花空折枝。

辽金元诗

　　《金谷怨》又作《芳华怨》，诗歌赞美了"意态由来画不成"的佳人容貌，然而朝云难成雨，女子还是被放出宫中，命运又会如何？既被放丞，不若找一位风流倜傥的少年才俊吧，就算如司马相如家徒四壁，典衣赏酒，也愿相携至白头。可这样的有情人又到哪里去找呢？看那金谷楼台，佳人已逝楼已空。环佩声声，琵琶私语，分明怨恨曲中论。而酌满酒盼佳人的君子，是无情不似多情苦，或是多情却似总无情？不论怎样，有花堪折直须折，莫待无花空折枝啊。

　　元遗山作《金谷怨》，李长源见后，想借此机会把遗山调侃一番，于是作了《代金谷佳人答》，站在与遗山对立的角度，写佳人的感受和愿望。诗云：

石家园林洛水滨，粉垣碧瓦迷天津。
楼台参差映金谷，歌舞日日娇青春。
是时天下甲兵息，江南已传归命臣。
永平以来太康治，四海一家无穷人。
洛阳城中厌酤酿，司隶夜过不敢嗔。
王门戚里争豪侈，车马如水争红尘。
烧金斫玉延上客，季伦岂输赵王伦？
两家炎炎贵相轧，笙竽嘈嘈妓成列。
珊瑚红树鞭击碎，步障青丝马踏裂。
因缘睚眦贵人怒，诏下黄门促收捕。
邮夫防吏急喧驱，河南牒系御史府。
钟鸣漏尽行不休，生存华屋归山丘。
绿珠香魂浣尘土，侍儿忍居楼上头。
君王慈明宥率土，妾身窜名籍民伍。
平生作得健儿妇，狗走鸡飞岂敢恶？

　　李诗称赞道，当时天下战乱平息，四海一家，本是太康盛世。而皇亲国戚、达官显贵皆穷奢极欲，攀比成风。晋时侍中石崇与贵戚王恺争相斗富，石崇尤为奢靡。洛水河畔的金谷园粉垣碧瓦，楼台参差，园内春色骄人，歌舞日日。晋武帝赐给王恺的珊瑚树，难入石崇高眼，竟被他击个粉碎。五十里的锦步障也比王恺的紫丝布步障更胜一筹。然而，高调的炫富最终给他惹来了杀身之祸。赵王伦的派兵已到楼下，深受石崇宠幸的绿珠"愿效死于君前"，坠楼而亡，可叹一缕香风魂归去。诗人用如此大段的笔墨回顾了绿珠的生存境遇及悲惨命运，至此方笔锋一转，直面地替金谷佳人作答："妾身窜名籍民伍"，"平生作得健儿妇"。元好问《金谷怨》中怜惜佳人，"被风吹去落谁家"？李诗却调侃道，不用再为"落谁家"而忧愁，金谷佳人本不愿等待风流的少年，只愿加入平民的行列，做个普通的"健儿妇",远离华屋和纷乱,平凡而自由。

元好问墓

李诗作成后,遗山又作有和诗,且"先子(刘祁父刘从益)称二",惜未见流传。围绕金谷佳人绿珠,二人因事吟咏,相互调侃,亦属一段佳话。刘祁《归潜志》就载:"元因赋《金谷怨》乐府诗,李见之,作《代金谷佳人答》一篇以拒焉,一时士人传以为笑谈。"

故事里的元诗

元初众象 三派汇流

辽金元诗

　　元代前期诗坛,诗人成分复杂,诗坛局面壮阔。以耶律楚材为代表的早期进入蒙古政权的诗人,以郝经为代表的由金入元的北方诗人群,以方回为代表的由宋入元的南方诗人群,形成了元初诗坛的多彩众象,三派汇流更为元诗的繁荣发展奠定了良好基础。从耶律楚材与道士邱处机的唱和活动中,我们能够感受到道教全真派在当时社会的崇高地位与影响。郝经《听角行》和方回《春半久雨走笔》一写思北,一写愧南,个中故事亦引人感喟。

"奇绝仙境"果子沟

——耶律楚材与全真道士邱处机的唱和

像 卿 晋 律 耶

耶律楚材

耶律楚材(1190—1244),字晋卿,号湛然居士。他是契丹贵族的后裔,辽朝东丹王耶律倍的八世孙。金章宗时,其父耶律履任尚书右丞。楚材三岁丧父,母夫人杨氏诲育备至,及长,博览群书,"旁通天文、地理、律历、术数及释老、医卜之说"。楚材二十四岁时被授予开州同知。翌年,元蒙大军围攻燕京,金宣宗南逃,楚材奉命留守燕京,为左右司员外郎。1215年,蒙古军占领燕京,楚材随从城内金朝官员投降了蒙古。

辽金元诗

"楚虽有材,晋实用之"。元太祖成吉思汗听闻楚材有才行,下诏见之,说:"辽与金有亡国之恨,如今金朝已灭,我也算给你报仇了。"楚材却并无谢恩之意:"我自父祖以来一直臣侍金主,既为臣子,又岂敢复怀二心?"流露出对于金朝国君的忠心耿耿,成吉思汗不但未加谴责,反而"雅重其言",将楚材留在了身边。

1219年,因西域杀蒙古使,成吉思汗甚怒之下亲领二十万蒙古铁骑,征伐西域。楚材一路随行,担任汉文书记,兼当星象占卜。西征大军一路穿过伊犁河谷,进入中亚腹地,灭掉了花剌子模国后,驻跸在今阿富汗境内的兴都库什山。千里跋涉,长期征战,成吉思汗已年近花甲,垂垂老矣。在御医的举荐下,成吉思汗下诏令全真教掌门邱处机来见。楚材拟写诏文,并在其后几年与邱处机吟诗唱和之作甚多。

邱处机应诏西行时,已是七十多岁高龄的老人了,他不辞万里,从山东出发,一路翻越蒙古高原,经金山(今阿尔泰山)、别失八里(今新疆吉木萨尔县)、果子沟、阿力麻里城(今新疆霍城县),渡伊犁河,入中亚,最终于兴都库什山觐见成吉思汗。在万里西游的过程中,邱处机震撼于西域奇异壮观的山川风景和独特的民族风情,写下了许多充满激情的纪行诗作。经过霍城县内的果子沟后,他作有著名诗篇《自金山至阴山纪行》:

金山东畔阴山西,千岩万壑攒深溪。
溪边乱石当道卧,古今不许通轮蹄。
前年军兴二太子,修道架桥彻溪水。
今年吾道欲西行,车马喧阗复经此。
银山铁壁千万重,争头竞角夸清雄。
日出下观沧海近,月明上与天河通。
参天松如笔管直,森森动有百余尺。
万株相倚郁苍苍,一鸟不鸣空寂寂。
羊肠孟门压太行,比斯大略犹寻常。
双车上下苦顿颠,百骑前后多惊慌。
天池海在山头上,百里镜空含万象。
悬车束马西下山,四十八桥低万丈。
河南海北山无穷,千变万化规模同。
未若兹山太奇绝,磊落峭拔如神功。
我来时当八九月,半山已上皆为雪。
山前草木暖如春,山后衣衾冷如铁。

邱处机

辽金元诗

全诗运用长达32句的篇幅,淋漓尽致地描绘了果子沟雄奇难行的壮美风景。诗人首先并未展开铺写,而是陷入了追忆之中。先前的果子沟乱石卧道、车马难通,沟中的深溪聚集着千岩万壑,自从成吉思汗的"二太子"察合台修道架桥、贯通深溪之后,如今的果子沟已是车马喧闹,一派热闹景象。诗人夸赞"二太子"开凿通道之功,实有其事。邱处机的随行弟子李志常在其所著《长春真人西游记》中记载:"二太子扈从西征,始凿石理道,刊木为四十八桥,桥可并车。"一番赞叹过后,诗人方开始正面铺叙果子沟的峭拔险峻。先写万重山的清雄高峻,犹如银山铁壁,争相竞夸,几可上通天河。参天的松树笔直挺拔,郁郁苍苍,幽静空寂的松林中听不到一声鸟鸣。再写果子沟的道路,比太行山的"孟门"羊肠道更是惊险百倍,颠簸不堪的路境中,车马行人皆惊慌不安。而山顶的赛里木湖犹如空镜,似乎映含着天地万象。最后写山峰如此磊落峭拔,真是鬼斧神工。"分野中峰变,阴晴众壑殊",山前山后温度的巨大悬殊,更让我们觉得"兹山太奇绝"!

耶律楚材看到邱处机的这首诗作后,激赏之余,更是诗兴大发,作了和诗《过阴山和人韵》:

阴山千里横东西,秋声浩浩鸣秋溪。
猿猱鸿鹄不能过,天兵百万驰霜蹄。
万顷松风落松子,郁郁苍苍映流水。
六丁何事夸神威,天台罗浮移到此。
云霞掩翳山重重,峰峦突兀何雄雄。
古来天险阻西域,人烟不与中原通。
细路萦纡斜复直,山角摩天不盈尺。
溪风萧萧溪水寒,花落山空人影寂。
四十八桥横雁行,胜游奇观真非常。
临高俯视千万仞,今人凛凛生恐惶。
百里镜湖山顶上,旦暮云烟浮气象。
山南山北多幽绝,几派飞泉练千丈。
大河西注波无穷,千溪万壑皆会同。
君成绮语壮奇诞,造物缩手神无功。
山高四更才吐月,八月山峰半埋雪。
遥思山外屯边兵,西风冷彻征衣铁。

辽金元诗

·110·

诗作气势磅礴,格调雄壮而不乏飘逸之气。诗人的和作,同邱处机诗歌一样,写到了郁郁苍苍的万顷松林、摩天不盈尺的高峻山峰、云烟缭绕的山顶镜湖和半山皆雪的八月山峰,同时,又写愁难攀越的猿猱鸿鹄、奇观胜貌的四十八桥和飞流直下的千丈飞泉。并且在他笔下,雄伟奇丽的阴山风景,总是与势不可挡的蒙军铁蹄相得益彰。阴山横越千里,奇险超绝,猿猱难越的山峰上,蒙古大军凿石通道,"天兵百万"铁蹄踏霜驰过。"天丁何事夸神威",重重峰峦的雄奇突兀一如百万大军的神壮威武。八月半埋雪的阴山外,兵士身着单衣,在冷彻骨的寒风中屯守边关。诗歌突出表现了元蒙大军的不畏艰险、迎难而上,兵威的势不可挡、神威无敌。诗句中,"猿猱鸿鹄不能过"恰似李太白的"猿猱欲度愁攀援","山角摩天不盈尺"亦似其"连峰去天不盈尺",我们依稀感受到李太白歌行篇《蜀道难》中的奇险飘逸之气。

耶律楚材《过阴山和人韵》作成后,犹觉不尽兴,又用邱处机原韵连作了若干首歌行篇什,这些诗作都意境壮阔、气象万千。前人专门评论楚材的此类诗歌时说:"观其投戈讲艺,横槊赋诗,词锋挫万物,笔下无点俗,挥洒如龙蛇之肆,波澜若江海之放,其力雄豪足以排山岳,其辉绚烂足以灿星斗。斡旋之势,雷动飚举;温纯之音,金声玉振。片言只字,冥合玄机,奇变异态,靡有定迹。迥出乎见闻之外,铿訇炳耀,荡人之耳目,所谓造物有私,默传真宰,胸中别有一天耳。"可谓评价甚高。邱处机《自金山至阴山纪行》,是描绘其七十余岁高龄西行万里的重要诗篇。耶律楚材《过阴山和人韵》,亦是其留驻西域长达十年生涯中的代表作品。时至今日,耶律楚材和邱处机吟咏过的果子沟,已被后人称为"奇绝仙境",成为著名的旅游胜地。

辽金元诗

当时听角送南人　南人吹角不送人

——郝经《听角行》

郝经(1223—1275),字伯常,泽州陵川(今山西陵川)人。出身于世儒之家,祖父郝天挺为金元之际大文豪元好问的老师。金亡后,随父迁居河北顺天(今河北保定)。幼时家甚贫,昼则负薪米为养,暮则读书不辍。如此而居五年后,馆于顺天守帅贾辅、张柔家,二家藏书皆万卷,郝经埋头苦读,博览无不通。元好问尝语之曰:"子貌类汝祖,才器非常,勉之。"宪宗六年(1256),元世祖忽必烈以

郝 经

皇太弟开藩,召郝经,郝经呈上数十条经国安民之道,受到忽必烈的器重,遂留之于王府。蒙哥汗九年(1259),元蒙大军南下伐宋,郝经随从忽必烈,为江淮荆湖南北等路宣抚副使。宪宗崩后,郝经劝忽必烈北上,争夺汗位。世祖中统元年(1260),郝经以翰林侍读学士充国信使,出使南宋,告世祖即位事并商和议。郝经一行到南宋真州后,被权相贾似道秘密囚禁,长达十五年之久。至元十一年(1274),伯颜南伐,郝经才得以归元。不久即因病而逝。

出使南宋前,郝经与北来的南宋理学家赵复相识,并曾赋诗相赠。赵复,字仁甫,德安(今湖北安陆)人,世称江汉先生。蒙古太宗七年(1235)被元蒙军所虏,后在北方继续讲学,传播程朱理学。蒙古定宗二年(1247)冬,郝经送赵复南归,赵复宿于其家,是夜霜清月冷,蒙古军营的号角声雄壮嘹亮,郝经当即赋《听角行》,并自注"赠汉上赵丈仁甫"。诗云:

　　　　疏星淡不芒,破月冷无色。

千年塞下曲，忽向窗中得。

当空劲作六龙嘶，四海一声天地寂。

长呼渺渺振长风，引起浮云却无力。

此声谁谓非恶声，借问何人有长策。

汉家有客北海北，节毛落尽头毛白。

听此空令双泪垂，中原雁断无消息。

南枝越鸟莫惊飞，牢落天涯永相失。

江上旧梅花，今夜落谁家？

楼头有恨知何事，牵住青空几缕霞。

　　同是听到军营号角声，诗歌别出心裁，从诗人与赵复两个听闻者分别写起。自身的处境不同，经历不同，感受亦是迥然相异。窗外疏星冷月，寒意逼人，诗人尚未成眠，或许正与赵复相诉着离别之意，这时窗外传来了雄壮苍凉的号角声。这是蒙古大军的军营中传出来的，诗人的精神不禁为之大振。号角之声是如此雄劲有力，犹如拉着载日之车的六龙在天空中齐声嘶鸣。除却号角的声音，天地四海一片静寂。听着威武雄壮的号角声，诗人联想到蒙古军威的势不可挡，振奋激动之情自现。而被蒙古俘虏北来的南宋士子赵复，听闻此曲还能同诗人一样精神振奋吗？"听此空令双泪垂"，赵复滞留异国已逾十载，无日不眷恋故国，角声入耳，只能令人徒增悲恨，空垂双泪。"牢落天涯"，"楼头有恨"，又该向谁诉说？诗人换位思考，细致入微地反映出赵复真实的内心世界，同时赞叹了赵复"节毛落尽头毛白"的忠于故国之情。

辽金元诗

元代青花瓷

　　时隔十三年后，郝经充国信使出使南宋。当时南宋权相贾似道正因"却敌有功"受朝野赞誉而洋洋自得，郝经此来，贾似道担忧郝经向宋廷揭露自己曾暗地遣人到蒙古军中请求和议输币的丑事，如何是好。郝经行至真州，贾似道密令淮东制置司，命其将郝经一行全部羁押。时为中统元年（1260）四月，等到郝经北归元朝，已是十五年后了。

被幽囚拘禁的时期,宋军多次劝降,郝经都不为所动,大义凛然。长期羁困之中,部下多怨者,郝经说:"向受命不进,我之罪也。一入宋境,死生进退,听其在彼,我终不能屈身受命。"郝经坚守志节,刚毅不屈,归元之心甚切。每闻南宋军营的号角声,不禁感怀伤事,忆起当年与赵复一起听闻蒙古角声的情景。如今身在南宋,欲归不得,感慨之下,遂作《后听角行》。诗前有序曰:"丁未冬十有一月,汉上赵先生仁甫宿余家之蝌壳庵。霜清月冷,角声嘹亮,乃作《听角行》以赠其行。近在仪真,每闻角声,因思向来卒章四句'江上旧梅花,今夜落谁家?楼头有恨知何事,牵住青空几缕霞',便有江城羁留之兆。故作《后听角行》以自释云。"诗云:

燕南壮士江城客,孤馆无眠心已折。

那堪夜夜闻角声,怨曲悲凉更幽咽。

一喷牵残杨柳风,五更吹落梅花月。

霜天裂却浮云散,雁行断尽疏星接。

余音眇眇渡江去,依稀似向愁人说。

劝君且莫多叹嗟,家人恨杀生离别。

可怜辛苦为谁来?凋尽朱颜头半白。

万绪千端都上心,一寸肝肠能几截?

当时听角送南人,南人吹角不送人。

不如睡著东风恶,拍枕江声总不闻。

多年前,"当空劲作六龙嘶"的号角声,如今已是一去不复、再也体会不到了。诗人在"孤馆无眠"时听闻的号角声,变得"怨曲悲凉更幽咽"。赵复羁留北廷时,"听此空令双泪垂",此时郝经的心境与之何其相似!"一寸肝肠能几截"?诗人渡江南来,妻儿远在千里之外,一身伶仃。拘押于此已朱颜凋尽,头鬓白纷纷,其间患难辛苦唯有自知。思国怀人,万绪千端,怎不令人肝肠寸断。诗人进一步嗟叹,当时和赵复听闻蒙古军营的号角,正欲送其归南,如今独自听着宋人的号角声,却无人能送诗人北归。思归之情,悲恨之意,溢于言表。

据说,郝经被囚真州期间,汴京的百姓于金明池射获一雁,雁脚系有帛书,上有一诗:"霜落风高恣所如,归期回首是春初。上林天子援弓缴,穷海累臣有帛书。"后有题字:"至元五年九月一日放雁,获者勿杀,国信大使郝经书于真州忠勇军营新馆。"又过六年，到至元十一年（1274），元人伐宋，郝经终归魂牵梦萦的故国，百姓感念郝经在南宋的十五年间忠坚不二，将其比之于苏武。《后听角行》自序中，郝经嗟叹写给赵复的《听角行》卒章四句即是自己羁留真州的征兆，却不知赞誉赵复之句"汉家有客北海北，节毛落尽头毛白"，变成了自誉之词，更是羁留真州而誓不辱命的征兆。

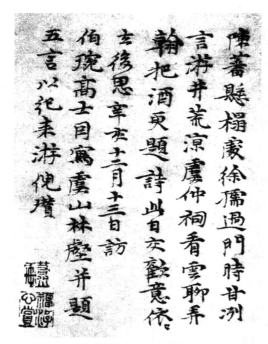

倪瓒《题虞山林壑图轴》

诗句亡希敲月贾　郡符深愧钓滩严

——方回《春半久雨走笔》

　　方回(1227—1307)，字万里，号虚谷，别号紫阳山人，徽州歙县（今安徽歙县）人。他曾自述名字的由来："回之所以名，是先君名之，自初生即名曰'回哥'，以寓他日还乡之意，长而不敢更他名。"方回幼孤，从叔父璙学，颖悟过人，博览经史子集，为日后的诗文写作打下了深厚基础。宋淳祐十年(1250)，方回作《喜雪》诗，其中有"平明万人喜，此雪几年无"句，受到左史竹坡先生吕午的赏誉，赞其"可教也"。宋景定三年(1262)，方回进士及第，初提随州教授，后历官江东提举常平司准造、江东提举司干办公事、沿江制置司干办公事等。咸淳十年(1274)十月，方回赴任安吉州通判。

　　德祐元年(1275)春，贾似道率军在芜湖鲁港与元军激战，丧师而还。这时的南宋王朝已是苟延残喘了，方回义愤填膺，认为贾似道擅权误国，致有今日之败，遂上疏乞诛贾似道，并历数其幸、诈、贪、淫、骗、骄、吝、专、忍、谬等十可斩之罪。方回上疏之日，贾似道大势已去，故未见得罪于上，并除方回太常寺簿兼庄文府教授，为朝奉郎知建德府事。方回在约二十年后的《送男存心如燕二月二

辽金元诗

·116·

方回《得救帖》

十五日夜走笔古体》一诗中,忆起这段往事:"鲁港出师败,虮臣叫九苍。数其十可斩,乃先窜炎荒。诛之木绵庵,身死国亦亡。为相亡人国,自合以命偿。匪我快私愤,人欲抽尔肠。"方回自辩,上十可斩之疏,实是贾似道为相亡人国,罪有应得,而非泄我私愤,可莫独罪于我。只是方回的辩解并未得到后人的一致认可,《四库全书总目提要》就谴责方回:"其初以《梅花百咏》媚贾似道,后似道势败,即迎合时局,上似道十可斩之疏。"

方回赴任建德府不久,元军就挥戈南下,大举进攻南宋都城临安。到了德祐二年(1276)正月,南宋王朝已无力回天、注定要灭亡了,太皇太后奉表降元,后又颁诏宣谕州郡降附,诏云:"今根本已拔,诸城虽欲拒守,民何辜焉?诏书到日,其各归附,庶几生民免遭荼毒。"知建德府方回最终迎降归元,诏书如此,本无可厚非。不过据记载,方回的降元却不甚光彩,"未几,北军至,回倡言死封疆之说甚壮。及北军至,忽不知其所在,人皆以为必饯初言死矣。遍寻访之不获,乃迎降于三十里外,鞑帽毡裘,跨马而还,有自得之色"。元军到来之前,向部下信誓旦旦,直欲以死殉国。元军尚在三十里外,却已偷偷前去迎降了。

降元后,方回被任命为嘉议大夫、建德路总管兼府尹,这时是元至元十四年(1277)四月。自此至至元十八年(1281)六月,方回在元朝做了五年的建德路总管兼府尹,并于六月初一日解任。之后的二三十年间,方回再未出任任何官职,寓居钱塘,贫困失意,以卖文为生,游于杭、歙间而终老。

方回不顾"郡人无不唾之"而"迎降于三十里外",本欲在元朝求得一官半职,继续他的仕途梦。孰料仅仅过了五年,就被元朝抛弃,再未见用,方回的心中颇多懊恼,真是悔不该当初。投降仕元,已是背负了骂名,如今被废弃不用,生活困顿,思前想后,这又是何苦呢?罢职的最初几年,他内心非常痛苦抑郁,却尚不肯向他人坦承。至元二十二年(1285),方回作了《次韵仇仁近有怀见寄十首》。其一云:

辽金元诗

> 身历干戈百战尘,休官仍似布衣贫。
>
> 每看事有难行处,未见心无不愧人。

诗人感叹自己在干戈战乱中得以逃生,如今虽被罢职在家,只是一介布衣,贫困潦倒,但回看走过的路,诗人并不因之而惭愧懊悔。行路难,事有不得已而为之。诗中表现出作者的自我辩解之意,然而,在其"事有难行处",无愧于人的

表面辩解下,却仍然隐隐流露出诗人的愧怍之心。

痛苦和愧悔时时折磨着诗人,愈到晚年,这种悔恨之情愈是强烈,愈是难以释怀。方回七十高龄时,作《追用徐廉使参政子方,申屠侍御致远,张御史鹏飞,元日倡酬韵》一诗:

> 七十翁非浪走时,夜窗自恨赋归迟。
> 睡稀枕上无春梦,吟苦楼前有月知。
> 茅索愿追田畯喜,瓜薪遥念室人悲。
> 却须天上纶言手,小为农忙缓茧丝。

人生七十古来稀,这时的诗人已明确地表露心迹,"自恨赋归迟"了。夜卧窗前,了无睡梦,诗人披衣而起,月下苦吟。自叹早该抽身而退,归耕田园,乐得清闲自在,也就不会是如今的自己,背上了大节有亏的骂名,被世人指点议论。诗人的内心是颇为痛苦又深以为悔的。同样感情的诗作还有《春半久雨走笔》:

> 万事心空口亦箝,如何感事气犹炎。
> 落花满砚慵磨墨,乳燕归梁急卷帘。
> 诗句亡希敲月贾,郡符深愧钓滩严。
> 千愁万恨都消处,笑指邻楼一酒帘。

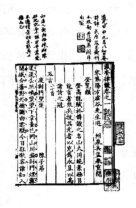
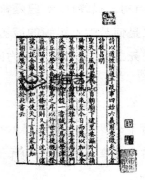
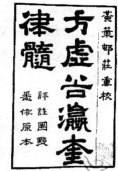

方回《瀛奎律髓》

作此诗时,诗人已是七十六岁的高龄了。经历了时代的动荡和个人的遭际,诗人万事心空,心境低沉。"朝来不忍轻磨墨",只是因为怜惜那被久雨摧残而掉入砚中的落花。正在感伤的时候,乳燕衔泥归来,诗人神情一舒,忙卷帘相迎。然乳燕无心,终不能解诗人的满怀忧愁。诗人不禁惭愧,诗品难拯贾岛"僧敲月下门"的精妙绝伦,追逐功名,尚不若汉代不仕的隐士严子陵。被褫职二十年后,方回还是念念不忘,在诗中深愧出任了元朝的郡守。诗人只欲将这"千愁万恨"付之酒樽,一醉解之,却注定是借酒浇愁,愁更愁。

方回确是大节有亏,小节有损?我们不敢妄下断言。方回自己说"人品虽中中",算是给自己打了中评。由此可见,迎降元军,忝事新朝,方回终究是追悔莫及而耿耿于怀。

李衎《四清图》

辽金元诗

故事里的元诗

元诗四家　铁笛道人

　　元代中期诗坛"为有元一代之极盛",元诗四大家虞集、杨载、范梈、揭傒斯萃于京师,风雅迭唱。如虞集与杨载《挽文山丞相》《题文丞相书梅堂》诗作"永慰千古思",同为悼念英雄文天祥的名篇。其时,相聚于京的还有四方赶来的许多俊彦名士,如道士张雨与范梈的交识酬唱就成为盛传一时的一段佳话。至元代晚期,"铁笛道人"杨维桢一变元中期"延祐之盛"的诗坛风貌,"自为一体"——铁崖体,标新立异,追随者众,并影响于元末明初。

永慰千古思

——虞集与杨载悼文丞相诗

虞集（1274—1348），字伯生，临川崇仁（今属江西）人。年幼时与弟同舍读书，将室一辟为二，左室书陶渊明诗于壁，名陶庵，右室书邵康节书于壁，名邵庵，故世称邵庵先生。虞集是南宋宰相虞允文的五世孙。元成宗大德六年（1302），被举荐为大都路儒学教授，迁国学助教。仁宗时为集贤修撰、翰林待制，升翰林直学士兼国子祭酒。文宗时任奎章阁侍书学士，受命参与修撰《经世大典》。在朝期间，屡请辞归，一直未获准，至惠宗时才告病还乡。

虞集被明人胡应麟誉为"元中叶一代斗

虞 集

山"，其文、诗、词、散曲皆负盛名，特别是诗作，他与杨载、范梈、揭傒斯合称"元诗四大家"，对当时及后世都产生了重要影响。据元末陶宗仪的《南村辍耕录》载，虞集对于四家诗的特点还有过一番形象的评价："尝有问于虞先生曰：'仲弘（杨载）诗如何？'先生曰：'仲弘诗如百战健儿。''德机（范梈）诗如何？'曰：'德机诗如唐临晋帖。''曼硕（揭傒斯）诗如何？'曰：'曼硕诗如美女簪花。''先生诗如何？'笑曰：'虞集乃汉廷老吏。'盖先生未免自负。公论以为然。"四个新奇的比喻，虽各自道出了"元诗四大家"不同的诗作风格，却仍以虞集"汉廷老吏"的自评为最高。这也引起了一桩趣事。胡广《虞揭诗记》中就记载了揭傒斯不满评语而诘问虞公之事："序出，适揭公归省墓，见之，大不悦，遂往临川访虞公。既相见，言及兹事，且曰：'傒斯与公京师二十年，未尝蒙公一言及斯，何别后乃尔？'虞公曰：'诚有之，非集之言，中州人士之言也；非惟中州人士为然，亦天下之通论也。'"虞公言此评语实为天下之公论,是非虽难决断,但亦可见"四大家"之名实已为中州乃至天下人士所公认。

虞集不仅诗品颇佳,人品亦是受到其祖辈虞允文爱国情怀的感召。南宋偏安一隅,与金或战或和的时期,虞允文力主北伐,"慷慨磊落有大志",出将入相近二十年。淳熙元年,虞允文病逝于四川宣抚使任上。杨万里曾作《虞丞相挽词》三首,如其一云:"负荷偏宜重,经纶别有源。雪山真将相,赤壁再乾坤。奄忽人千古,凄凉月一痕。世无生仲达,好手未须论。"称赞虞允文再造乾坤,击溃金军,保卫着南宋江山。虞集生于南宋,感受着祖辈不屈的战斗精神,身仕异族新朝,心情也是甚为复杂。南宋灭亡之际,涌现出许多坚贞不屈、至死不渝的忠贞将士。虞集成年后,再回首这段朝廷覆亡的重大历史,虽斯人已矣,仍不禁写下了"读此诗而不下泪者几希"的《挽文山丞相》,寄托其沉沉哀思。诗云:

> 徒把金戈挽落晖,南冠无奈北风吹。
> 子房本为韩仇出,诸葛宁知汉祚移。
> 云暗鼎湖龙去远,月明华表鹤归迟。
> 不须更上新亭望,大不如前洒泪时。

南宋末著名的民族英雄文天祥,号文山,元军东下时起兵护卫临安,屡抗元军,被封为右丞相,不幸兵败被俘,在燕京被拘的四年间宁死不屈,终遭杀害。诗人感慨系之,写下了"无其匹敌"的挽诗。诗歌一开始连用四个典故,既有感于文天祥的忠心报国、悲惨命运,亦感于历史发展下个人的回天无力。文天祥犹如挥戈驻日的鲁阳,纵缓得一时,黑夜终将来临;又如戴着南冠的囚徒,就算气节不改,然激烈的北风终将南冠吹落于地;亦如欲刺杀秦始皇的张子房,最终功败垂成;而三顾方出的诸葛亮眼看汉室已衰,只能鞠躬尽瘁,死而后已。首、颔联中四处典故,四个英雄,却都是令人扼腕长叹的形象,文山丞相的悲惨境遇亦是对应其中、呼之欲出了。元军进逼下南宋覆亡的悲剧已无可挽回了,宋末帝投海自尽,乘龙上天,文天祥遇害后魂魄也难返故乡。东晋文人在南渡后痛感故土沦丧,新亭对泣,千古兴亡之下,如今的形势更是大不如前了!诗歌至此,诗人的痛苦思绪和难言隐衷也同时达到了高潮,言有尽而意无穷,体现出强烈的艺术张力。难怪清人顾奎光誉之曰:"(此诗)意到,气到,神到。挽文山诗,此为第一。"

辽金元诗

· 123 ·

虞集评其诗"如百战健儿"的杨载,也是"元诗四大家"之一。某日见到文天祥所书"梅堂"二字,杨载忆念其身世、品格,亦作诗抒发赞慕与哀悼之情。《题文丞相书梅堂》云:

> 大厦就倾覆,难以一木支。
>
> 惟公抱忠义,挺然出天姿。
>
> 死既得所处,自顾乃不疑。
>
> 恻怆大江南,名与日月垂。
>
> 我行见遗墨,再拜堕涕洟。
>
> 名堂有深意,亦唯岁寒枝。
>
> 可知平昔心,慷慨非一时。
>
> 峨峨著栋宇,昭昭示民知。
>
> 勿使风雨败,永慰千古思。

作者因看到"梅堂"二字而心生吟咏之情,但其着笔句句落在写人上。前八句开门见山,直写南宋大厦已倾、败亡已定时,独有文公挺身而出,忠义赴死,大江南北为之悲怆哀痛,其盛名可与日月争光。"我行见遗墨",至此,诗人方照应诗题,由"遗墨""梅堂"二字,梅之不畏风雪、高洁品质,喻公之坚贞气节。继而谓文公的从容就义,并非一时的慷慨任性,实是其素来的品格修养所决定。诗人祈愿梅堂勿被风雨毁坏,更是祈愿梅堂的主人——文公,能够千古以下,永慰世人之心。

辽金元诗

杨载《水龙吟》

　　悼念文天祥的诗作,自古至今甚多,而毫无疑问地,虞集和杨载的这两首诗作是其中的佼佼者。二人自幼生于南宋,只是童年时期对于南宋的覆亡并不能感同身受,长大后的诗人身仕异族,又同列"元诗四大家"之一,显赫一时。然而,诗人们的内心终究没有完全放下孩提时记忆中的南宋,民族英雄文天祥的爱国情怀和慷慨赴死仍令人们悲怆痛哭。勿以成败论英雄,忠臣义士,仍激励世人,"永慰千古思"。

王蒙《具区林屋图》

拟共风流接尊酒

——范梈与张雨的酬唱诗

范梈(1272—1330),字亨父,一字德机,临江清江(今江西清江)人。他出身贫寒,幼年丧父,天资聪颖,敏而好学。大德十一年(1307),36岁的范梈初到京师,为中丞董士选召置馆下,命诸弟子受学,逐渐得以名闻京师。其后,范梈被荐为翰林国史院编修官,历任海南海北道、江西湖东道廉访司照磨和福建闽海道廉访司知事等职,因病辞归。

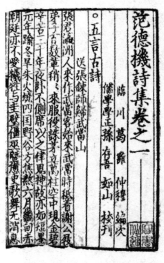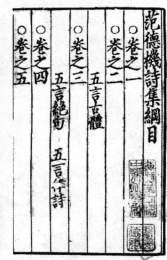

范梈《范德机诗集》

在赴任海南海北道廉访司之前,约有八年的时间,范梈一直在京师任职。这期间,他与京城诸多名卿士大夫结识交游,相互诗酒唱和,一起切磋品评,如赵孟頫、虞集、杨载、揭傒斯、邓文原、张养浩、柳贯、李泂等人,都与范梈有诗文酬唱,来往应酬。初来乍到京师时,范梈以卖卜为生,默默无闻,与京师名士的交往中,变得声名鹊起,直至被时人将他与虞、杨、揭合称"元诗四大家"。名动京师之后,前来拜访和结交范梈的士子名流日渐增多,来往应酬亦自不可少。

尤为值得一提的是,"句曲外史"张雨与范梈的交游过程,成就了诗歌唱和的一段佳话。

张雨是杭州钱塘人,20岁后遍游名山胜水,弃家入道,居于茅山,因茅山又名句曲山,故称其为"句曲外史"。入京师前,"句曲外史"就以诗文名闻于外,入京后更是喜欢结交京城名人文士。他久慕范梈的诗名,遂欣然前去拜访。只是这日事不凑巧,张雨赶到时正好范梈有事外出了,门人将张雨让于屋内稍坐。百无聊赖中,看到几案上放着一本范梈的诗集,正好拿这来拜读一番。不知不觉中诗集已翻至尾页,范梈还未回家,张雨只得起身告辞。临行之际,他取过毛笔,在诗稿的尾页题诗一首,即是这首《题范德机编修东坊稿后》:

> 一编上有东坊字,惭愧诗中见大巫。
> 直想瘦生如饭颗,竟从痒处得麻姑。
> 咸池水浅孤黄鹄,空谷天寒病白驹。
> 拟共风流接尊酒,只愁尘土没双凫。

诗歌流露了张雨对于范梈诗作的由衷赞叹,以及希望与范梈结交酬唱却又未得相见的遗憾之情。诗人自谦,若将自己的诗作跟范诗相比,可真是"小巫见大巫"了。接着化用李白诗作《戏赠杜甫》:"饭颗山头逢杜甫,头戴笠子日卓午。借问别来太瘦生?总是从前作诗苦。"诗人借此表达出对于范梈的推慕。据载,范梈"癯然清寒,若不胜衣,而持身廉正",其形象人格正可与《戏赠杜甫》中的杜甫相比附。而"孤黄鹄""病白驹"的比拟,更进一步衬托出诗人欲见而未得的忧愁。本想与久仰诗名的范梈一起把酒言欢、品诗论文,却担心没有"双凫"般的神物相助,致使二人结交无缘,留下遗憾。

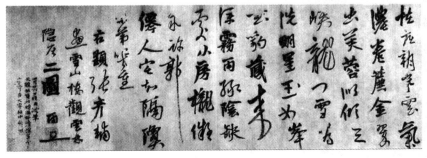

张雨书法

将这首诗作题于诗稿后,张雨作辞而别。门人看到他在诗集上自行题诗,一等范梈回府就将此事原委通报。范梈听后也是甚为惊奇,往视所题诗作,笔力苍劲,文采斐然,俨然大家手笔。又闻门人言来访者正是"句曲外史"张雨,范梈惊叹:"我早就听闻'句曲外史'的诗名了,只是苦于不得相见。今日来访,正是天赐我良友。待明日一定前去拜访。"

翌日,范梈回访张雨,二人相见甚欢,"共风流接尊酒",范梈有《和谢伯雨见惠之作》酬谢张雨。诗云:

> 骚灵逝兮不堪呼,几欲南游讯楚巫。
> 城郭烟涛垂白帝,星河风露泯黄姑。
> 幽人往恨九关豹,佳士今犹千里驹。
> 久客资君相慰藉,可能无意谢飞凫。

辽金元诗

范诗步韵张雨的原诗,仍然以"巫、姑、驹、凫"为韵,却并未因限定了韵脚而显得约束局促,反而神气贯通,笔意纵横,与原诗相得益彰。开篇即以屈原比拟张雨。灵均远逝,无迹可寻,几欲南游找寻,无奈烟波浩渺,风露迷茫。九关重门外又有虎豹看守,佳士难遇,不禁令人心生幽恨。诗意再转一层,在诗人心中就如灵均般的张雨君终于来了,正好彼此慰藉,却又因当日无缘而错过。通篇诗作,诗人对于佳士的寻寻觅觅及终难相遇的叹息是真挚而深沉的。虽说将张雨比拟为"虽与日月争光可也"的屈原,稍有过誉之嫌,但也可见范梈对张雨确有推崇渴慕之情,而其答谢之意自然涵盖其中。诗题"和谢",既是和诗,亦是谢诗。

张雨虽身为道士,然颇具才名,又与范梈情趣相投,自此常常相互切磋诗艺、酬唱吟咏。二人最初相识时的这段赠诗趣事也很快传了出去,被时人视为佳话。一时之间,"句曲外史"之名声闻京师,贤士大夫如虞集、杨载、袁桷等皆争与之为友。后来,吴郡徐良夫为张雨诗作序,对张雨诗作及其与范梈等人的交往给予了高度评价,正可借为我们对于范、张相识交往的最佳评语。徐氏曰:

> 虞、范诸君子,以英伟之才,谐鸣于馆阁。而流风余韵,播诸丘壑之间。外史以豪迈之气,孤鸣于丘壑,而清声雅调,闻诸馆阁之上。虽出处不同,其为词章之宗匠一也。夫以方外诗人,而与馆阁词臣相颉颃,宁非一代之盛欤?

寄托自深

——揭傒斯的社会讽喻诗

揭傒斯（1274—1344），字曼硕，龙兴富州（今江西丰城）人。出生于宿儒之家，其父为南宋乡贡进士。自幼家中清贫，然天资聪颖，读书刻苦。博览经史百家后，于大德年间出游江汉。延祐初年，荐授翰林国史院编修官，自此由布衣跻身仕途。后迁应奉翰林文字，前后三入翰林。揭傒斯与虞集、范椁、杨载并称"元诗四大家"，又与虞集、柳贯、黄溍号称"儒林四杰"，在元代文学史上具有重要的地位和影响。

揭傒斯

据载，虞集将揭傒斯的诗风比之为："如美女簪花""如三日新妇"，揭傒斯本人对这个评价是甚为不满的。某日，他过临川诘问虞集，虞云："外间实有此论。"揭拂衣径去，虞集留之不可。后来，揭赴京师，虞集作四诗寄之，揭亦不答。可见揭傒斯对于虞集误评其诗久久未能释怀。诚然，其诗"清丽婉转，别饶风韵"，却又"要非嫣红姹紫徒矜姿媚者所可比"，其中另有"神韵秀削，寄托自深"之意。如其诗作《秋雁》，近人陈衍就称"此诗大有寄托"。诗云：

> 寒向江南暖，饥向江南饱。
>
> 莫道江南恶，须道江南好。

这首语意明了的五言诗中究竟寄托着什么深意？这得从元蒙统治者实行的民族政策说起。元朝是少数民族政权入主中原、一统南北的朝代，为维护其上层统治者的利益，实行民族歧视和民族压迫政策。元世祖至元时期，将各族人民分为四等：一等是蒙古人，包括原来蒙古各部落；二等是色目人，包括西夏、回族人、西域等；三等是汉人，指契丹、女真和原来金朝统治区的汉人；四等是南人，指南宋统治区的汉人。等级不同，政治待遇和法律地位相差甚远。蒙古人地位最高，色目人次之，汉人与南人的地位最为低下。这些自视高人一等的蒙古和色目人，来到江南富庶之地，耀武扬威，作威作福，寒可暖，饥可饱，却仍昧着良心，尽道江南恶。正因如此，诗人才愤愤不平，用隐晦的言辞讥讽之。元人孔齐在其见闻杂记《至正直记》中道出了此诗的寄托之意："盖讥色目北人来江南者，贫可富，无可有，而犹毁辱骂南方不绝，自以为右族身贵，视南方如奴隶。然南人亦视北人加轻一等，所以往往有此消。"色目北人在民族政策的保护下自许右族身贵，看不起江南汉人，却不知南人的内心深处更是看不起凌驾于上的北人。

在元代延祐诗坛一派雍容雅正的气

揭傒斯书法

象中，揭傒斯既敢于写《秋雁》般的讥讽诗，又勇于将笔触深入水深火热中的苦难百姓，揭露贪官豪家的罪责。如《大饥行》：

去年旱毁才五六，今年家家食无粟。

高囷大廪闭不开，朝为骨肉暮成哭。

官虽差官遍里间，贪廉异政致泽殊。

公家赈粟粟有数，安得尽及乡民居。

前日杀人南山下，昨日开仓山北舍。

捐躯弃命不复论，获者如囚走如赦。

豪家不仁诚可罪，民主稔恶何由悔。

对于人民在饥荒年月中遭受的沉重苦难，诗人抱以深深的同情与怜悯。饥荒已经严重到"朝为骨肉暮成哭"的地步，生命朝不保夕，垂死挣扎。公家的赈粟有限,本就不能遍救乡民,又被贪官污吏一顿克扣,自然会激起人民的强烈反抗。诗人感叹,家家食无粟,生活困苦不堪,确因大灾之年饥荒横行而起。但深究其原因,诗人直言是"贪廉异政""豪家不仁"。这就将批判的矛头指向了横征暴敛的贪官豪家,言辞大胆,实属难能可贵。

更有《临川女》一诗,将盛世气象下民不聊生的悲惨现实映射了出来,尤为发人深省。诗云:

> 我本朱氏女,住在临川城。
> 家世事赵氏,业唯食农耕。
> 五岁父乃死,天复令我盲。
> 莫知朝与昏,所依母与兄。
> 母兄日困穷,何以资我身?
> 一朝闻密言,与盲出东门。
> 阿母送我出,阿兄抱我行。
> 不见所向途,但闻风雨声。
> 行行五里馀,忽有呼兄名。
> 兄乃弃我走,客前抚我言。
> 我与赵氏亲,复与汝居邻。
> 闻汝即赴死,扶服到河滨。
> 我身尽沾濡,不复知我身。
> 汝但与我归,养汝不记年。
> 涔涔遵旋路,咽咽还入城。
> 城中尽惊问,戚促不能言。
> 望门唤易衣,恐我身致患。
> 再呼我母来,汝勿忧饥寒。
> 汝但与盲居,保汝母女全。
> 我母为之泣,我邻为之叹。
> 喜我生归来,疑我能再明。
> 况得与母居,不异吾父存。
> 我今已十三,温饱两无营。
> 我母幸康强,不知兄何行?

辽金元诗

我母本慈爱，我兄亦艰勤。

所驱病与贫，遂使移中情。

当日不知死，今日岂料生？

我死何足憾，我生何足荣？

所恨天地生，不如主翁仁。

谁能为此德，娄公名起莘。

　　临川城内，朱氏女子，家人世代为大家赵氏雇耕。父死家贫，生活无以为继，更为不幸的是女子变盲。全赖母兄的照顾，盲女得以生存。世事悲惨，当疾病与贫穷不断肆虐着这个三口之家时，逼上绝境的母兄还是将盲女赶出了门外。"行行五里馀"，这充满风雨声的漫长的五里余，全是不归路。幸亏一位好心的邻人搭救，盲女躲过一劫，"起死回生"。然而，她内心的纠结痛苦终难平息，"当日不知死，今日岂料生？""我死何足憾，我生何足荣？"活在如此悲惨的人世间，生命的意义又在哪里？当日被母兄抛弃，因而怪罪母兄吗，却又怨恨不起来。母本慈爱，兄亦艰勤，这样善良勤快的母兄却又为何抛弃亲人、置其生死于不顾？"所驱病与贫，遂使移中情。"诗歌给了我们现实而残酷的回答。在病痛与贫穷带来的生死抉择中，亲情也显得不堪一击，开始时的悉心照料逐渐在日渐艰窘的生活中消磨殆尽。盲女的悲痛之情无以复加，生亦何患，死亦何苦。如此悲惨的社会景象，在诗人的铺叙中缓缓道出，带给读者强烈的心理压迫和莫名的无助感。

　　《秋雁》《大饥行》《临川女》，揭傒斯以上的社会讽喻诗，确乎与"美女簪花""三日新妇"大相径庭，难怪他大为不满虞集的评价。揭诗映射出了普通人民的苦难流离、贪官豪家的作威作福、"盛世气象"下的悲惨世界，犹如一面明镜。

揭傒斯印

哀之如失父母

——张养浩《哀流民操》

张养浩(1270—1329),字希孟,号云庄,济南历城(今属山东)人。年方十岁时,读书不辍,"父母忧其过勤而止之",养浩"张灯窃读",终成大器。从被山东按察使焦遂荐为东平学正始,他正式踏入命途多舛的仕途。在历任礼部令史、御史台椽史、中书省掾属、堂邑县尹等卑职十多年后,终拜监察御史之职。只是张养浩平生为人正直不二,直言敢谏,任职期间因上《时政疏》十余万言指斥弊政,触怒了当朝权贵,后被降职罢官。元仁宗即位后,复起用张养浩,任其为参议中书省事,官高位显的养浩也勤于王事,君臣相得。到至治元年(1321),他向新即位的元英宗上书《谏灯山疏》,谏阻英宗欲于宫中大张灯火赏游鳌山事,英宗见书后先怒后喜,却还是让张养浩心生忧虑,不久即因奉养老父而辞官还乡。

张养浩

辽金元诗

观其平生行事,对于生活在社会最底层的穷苦人民,他一直抱有极深切的同情心,并身体力行,尽最大努力解救人民的苦难。初任堂邑县尹,看到曾为"盗贼"的饥民仍需每月初一、十五按时到官府接受责问,怃说:"这些人也都是善良的老百姓,因饥寒所迫而不得已为盗。他们既已受到了惩罚,还以盗贼视之,勒令其定期参拜受讯,这是绝其改过自新之路。"遂罢除了这条不成文的规定。"众盗"听闻后感激涕零,誓言"毋负张公!"张养浩爱民为民之心,由此可见一斑。

正是出于对苦难人民的深切同情和发自心底的民生情怀,让张养浩在弃官八载、朝廷七聘、年届六十的情形下毅然再次出山,接受元廷的征召。元文宗天历二年(1329),张养浩闲居云庄别墅,沉醉于山水泉林,"泯迹于民,甘老云庄",算来已是弃官在家的第八个年头了。这期间朝廷的征聘前后凡六次之多,他均坚辞不往。就在这一年,陕西关中大旱,《元史·文宗本纪》载:是年四月,"陕西诸路饥民百二十三万四千余口,诸县流民又数十万"。饥民流离失所,饿殍遍地,情状极为悲惨。朝廷再一次征召张养浩为陕西行台中丞,专程前往关中赈救灾民。张养浩痛感黎民百姓遭此大难,不暇顾及尚需奉养的年迈的老母,决意应征出仕。临行之际与老母的一场离别,着实打动了我们的内心。张养浩在上给皇帝的奏表中饱含深情地回忆当时的情景:"母闻行,执臣之手,且泣且言:'我年迫八旬,汝发亦素。此别之后,再见无期。'"真是声泪俱下,不堪卒闻。

张养浩从山东赶赴陕西,愈近关中,流民愈甚,灾情愈惨。目睹悲惨的情景,他倾其所有,散尽财用,路遇饥民就送钱谷救命,遇到亡者即命随从安葬。途经潼关时,看着曾经的繁华盛地如今已是残败不堪,人民垂死挣扎,他不禁感慨万千,用如椽巨笔写下了传留千古的散曲《山坡羊·潼关怀古》:

> 峰峦如聚,波涛如怒,山河表里潼关路。望西都,意踟蹰。伤心秦汉经行处,宫阙万间都做了土。兴,百姓苦;亡,百姓苦。

张养浩

这篇名作中,作者怀着如波涛般愤怒的感情,道出了"兴,百姓苦;亡,百姓苦"这般深含历史感慨的至理,历数百年后言犹在耳。其对苦难百姓的深切同情,也让后人动容不已。

赶赴任所后,张养浩立即开展全面救灾工作,整顿吏治,革除弊病,设社坛祷雨,率富民出粟,请行纳粟补官之令,刻贯为券散贫乏者,出私钱救济民间孝子,为国为民可谓倾尽全力,爱民之情天地可鉴。《元史·张养浩传》载:自到官之后,他"未尝家居,止宿公署,夜则祷于天,昼则出赈饥民,终日无少怠"。就在这期间,目睹

流民惨状的张养浩作了著名诗篇《哀流民操》。诗云:

> 哀哉流民,为鬼非鬼,为人非人。
>
> 哀哉流民,男子无缊袍,妇女无完裙。
>
> 哀哉流民,剥树食其皮,掘草食其根。
>
> 哀哉流民,昼行绝烟火,夜宿依星辰。
>
> 哀哉流民,父不子厥子,子不亲厥亲。
>
> 哀哉流民,言辞不忍听,号哭不忍闻。
>
> 哀哉流民,朝不敢保夕,暮不敢保晨。
>
> 哀哉流民,死者已满路,生者与鬼邻。
>
> 哀哉流民,一女易斗粟,一儿钱数文。
>
> 哀哉流民,甚至不得将,割爱委路尘。
>
> 哀哉流民,何时天雨粟,使女俱生存。
>
> 哀哉流民!

　　"哀哉流民!"从诗人肺腑中流出的诗句可谓字字血泪,其所刻画的人民生活的惨状令人触目惊心。诗首用"非鬼非人"这样的字眼买总体形容饥饿病痛摧残下的灾民,又分别从衣、食、住、行方面细写其惨状。男女衣不蔽体,食不果腹,剥树皮,掘草根,日行百里无人烟,夜晚于星光下露宿。父子难认,生者不保,死者盈路,卖儿鬻女等等悲惨景象,在诗人如真实摄影毁的笔墨中,活生生地展现在读者的面前。不忍听如泣如诉的言辞,不忍闻撕心裂肺的哭声,诗人

辽金元诗

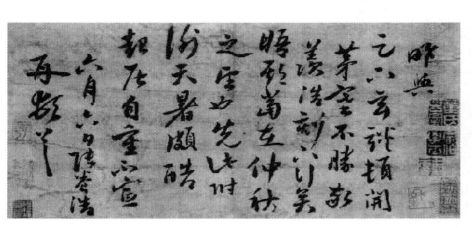

张养浩《行书酷暑帖》

祈祷,"何时天雨粟,使女俱生存"! 连续十二个"哀哉流民"的反复咏叹中,一再表现了诗人对于流民遭受深重灾难的哀痛与同情,如此动情的诗句又怎会不令后人感动?

张养浩自言要"用尽我为国为民心",亦真正做到了"鞠躬尽瘁,死而后已"。关中任职四月,他每念及流民情状,即抚膺痛苦不已,至于得疾,更加上日夜的辛苦操劳,终至一病不起,卒于任所。张公亡后,"关中之人,哀之如失父母",立祠纪其功德。元明宗至顺二年(1331),张公被追封为滨国公,谥文忠。为纪念他受朝廷前后凡七聘方应召出山,特命名其祠堂为"七聘堂"。后来,元诗人逎贤作诗赞颂道:

> 千古救荒遗爱在,祠门犹向曲江开。

张公为民尽瘁,理应得到人民的敬仰!

辽金元诗

不受君王五色诏　白衣宣至白衣还

——杨维桢《老客妇谣》

杨维桢(1296—1370),字廉夫,山阴(今浙江绍兴)人。因其父于铁崖山筑楼藏书,令其与从兄攻读其间,所以其号曰"杨铁崖"。又因擅吹铁笛,号称"铁笛道人"。泰定四年(1327)登第,先后任天台县尹、绍兴钱清场盐司令、杭州四务提举、建德路总管府推官等。元末朝廷又授江西儒学提举,因兵荒马乱,战祸四起,未再赴任,避隐于富春山、钱塘等地。

杨维桢

当时,张士诚的武装起义军兴起于江浙一带,声势浩大,纵横一方。张氏也积极招兵买马,多多招纳文武将才,听闻杨维桢正居钱塘,便命人招之。杨维桢身负元廷恩德,在张士诚屡召之下,赴而不应,并作诗拒之,表明心迹。诗云:

> 江南处处烽烟起,海上年年御酒来。
>
> 如此烽烟如此酒,老夫怀抱几时开?

元末社会动荡不安,朝廷一方面用武力征剿各地涌起的农民起义,另一方面又派遣能言善辩之辈,对已经兴盛壮大而一时难以消灭的义军安抚笼络。张士诚自至正十三年(1353)"十八条扁担起义"始,声势逐年壮大,以至严重威胁到了元朝的政权统治。元廷既出兵攻伐,又不断地劝降,年年赏赐御酒,笼络其心。张士诚却也精明,拿元帝赐来的御酒招纳文臣武将,加强自身的势力。杨维桢作上首诗歌时,眼前摆着的正是元帝亲赐张士诚的御酒。面对张士诚如此心机甚重的征召,杨维桢依然不为所动,其诗拒绝应召之意甚明。诗人感慨,年年御酒向南来,却非赏赐功勋臣。江南战乱四起,烽烟滚滚,赏赐御酒也是不得已而为之,"如此烽烟如此酒,老夫怀抱几时开"?诚然,社会形势已如此严峻,诗人又哪能高兴起来!明人都穆《南濠诗话》载:"士诚得诗,知廉夫不可屈,不强留也。"

元亡后,杨维桢浪迹吴中,授徒讲学,曾居松江(今属上海),于其门上自题:"客至不下楼,恕老懒;见客不答礼,恕老病;客问事不对,恕老默;发言无所避,恕老迂;饮酒不辍车,恕老狂。"表现出狂诞不羁的个性。明朝洪武二年(1369),太祖朱元璋广召四海名儒,修纂礼乐书志。朱元璋派遣翰林官詹同亲往松江召之,杨维桢不赴。并作《不赴召有述》诗:

> 皇帝出征老秀才,秀才懒下读书台。
> 商山本为储君出,黄石终期孺子来。
> 太守枉于堂下拜,使臣空向日边回。
> 老夫一管春秋笔,留向胸中取次裁。

诗歌表达了作者不愿赴召出仕、只想读书终老的意愿。商山四皓年八十余尚自出山,本为辅佐幼主;黄石公晚年给张良传授兵法,却也只让张良于十三年后的济北谷城山下去找他化身的黄石。诗人已入老暮之年,一介老朽,又有何用武之地?如今新朝已立,就让诗人得享残年吧!

诗人不赴应召后,詹同无功而返。朱元璋心有不甘,洪武三年(1370),他又数次下诏,敦促松江府要杨维桢赴任金陵。据明人朱存理《珊瑚木难》载,杨维桢以老妇再嫁的比喻婉拒朝廷的一再征召。他说:"岂有八十岁老妇,就木不远,而再理嫁者邪!"并作了名篇《老客妇谣》,进一步表其绝不再仕之决心。诗云:

> 老客妇,老客妇,行年七十又一九。
> 少年嫁夫甚分明,夫死犹存旧箕帚。
> 南山阿妹北山姨,劝我再嫁我力辞。
> 涉江采莲,上山采蘼。采莲采蘼,可以疗饥。
> 夜来道过娼门首,娼门萧然惊老丑。

老丑自有能养身，万两黄金在纤手。

上天织得云锦章，绣成愿补舜衣裳。

舜衣裳，为妾佩。

古意扬清光，辨妾不是邯郸娼。

　　诗歌首写老客妇行年七十有九，回想起往事历历在目。少年嫁夫时两情相悦，如今夫死犹存，妇人矢志不再理嫁。阿妹小姨也曾再三规劝，都被妇人力辞。既可"涉江采莲"，又能"上山采蘼"，自食其力，又何必寄于他人？再写老客妇与娼门妇的对比。老妇虽年老貌丑，却有织云锦、补舜衣的一双妙手，犹如"万两黄金在纤手"。娼门妇搽脂抹粉，追欢买笑，只会挣取嗟来之食。"辨妾不是邯郸娼"，诗人借此感叹，他绝不愿做朝秦暮楚的娼门妇，绝不愿朝仕元朝、暮投明廷，落得晚节不保的骂名，希望明太祖明鉴。

杨维桢《真镜庵募缘疏》

　　诗人不愿出仕之意甚明，然朱元璋一再催逼，如之奈何？权衡之下，诗人采取了往而不留的折中之法，即可赴金陵却不出仕为官。他赴金陵后进言明太祖："竭吾之能，不强吾所不能，则可；否则，有蹈海死耳！"言辞如此决绝，直以死相逼，朱元璋只好应允，于是才将其留于朝廷修纂礼乐，止入阙廷赐安车乘之。《明史·杨维桢传》载：仅仅百有一十日后，待所纂叙例略定，杨维桢即乞骸骨。"帝成其成，仍给安车还山。"临行之际，故友宋濂作《送杨廉夫还吴浙》诗送行。诗云：

　　　　皓仙八十起商山，喜动天颜咫尺间。

一代辽金归宋史,百年礼乐上春官。

归心只忆鲈鱼鲙,野性岂随鸳鹭班?

不受君王五色诏,白衣宣至白衣还。

诗中表达出的赞颂与仰慕之情还是显而易见的。特别是尾联"不受君王五色诏,白衣宣至白衣还",直可作为杨维桢面对明廷的催逼,往而不留的最佳赞语。

倪瓒《容膝斋图》

窃比开元杜家史

——杨维桢的盐民诗

瞿佑《归田诗话》说杨维桢的诗歌"言宴赏游乐
之意,亦其平生性格所好也",然其诗作中也有一些
批评社会现实、反映民生疾苦的篇目,杨维桢本人对
此也很自觉,尝作诗云:"铁心道人前进士,弃官归来
隐喜市。作诗每刺美未忘,窃比开元杜家史。"诗人
自比"杜家史",自许甚高。今日所见其民生疾苦之
作,最为特殊者,要算他对煮盐亭户的苦难的真切反
映。其时杨维桢官任绍兴钱清场盐司令,体察民情,
他看到的是盐民因交不起田租、盐租而苦海无边甚
至家破人亡的凄惨景象,悲叹之余他将所见所闻及
主观感受付诸诗篇,写下了一首首真实深刻、情意激
愤的民生诗。

杨维桢

这不禁让我们想起北宋大词人柳永,虽以"杨柳
岸晓风残月""针线闲拈伴伊坐"的浪漫情词、市井俗
词名留于世,然在其仅存的三首诗作中,还是能看到这位"奉旨填词"的词人对
于社会现实的积极关注和对人民苦难的深切同情。柳永在任职定海晓峰场盐
官时期,曾写有诗作《煮海歌》,抒发了"煮海之民何苦辛"的哀叹。诗云:

> 煮海之民何所营,妇无蚕织夫无耕。
>
> 衣食之源太寥落,牢盆煮就汝输征。
>
> 年年春夏潮盈浦,潮退刮泥成岛屿。
>
> 风干日曝盐味加,始灌潮波增成卤。
>
> 卤浓盐淡未得闲,采樵深入无穷山。

豹踪虎迹不敢避，朝阳出去夕阳还。

船载肩擎未遑歇，投入巨灶炎炎热。

晨烧暮烁堆积高，才得波涛变成雪。

自从潴卤至飞霜，无非假贷充糇粮。

秤入官中得微直，一缗往往十缗偿。

周而复始无休息，官租未了私租逼。

驱妻逐子课工程，虽作人形俱菜色。

煮海之民何苦辛，安得母富子不贫。

本朝一物不失所，愿广皇仁到海滨。

甲兵净洗征输辍，君有馀财罢盐铁。

太平相业尔惟盐，化作夏商周时节。

　　柳永《煮海歌》吟咏于前，任职盐官时期的杨维桢亦追慕前贤，感慨时事，作有多首反映民生疾苦的盐民诗。即如《山鹿篇》：

山头鹿，距跄跄，目瞠瞠。

田租未了压盐租，夫死亭官杓头杖。

夫死捉少妻，拷妻折髀不能啼。

妻投河，作河妇。狱丁捉，白头母。

　　诗歌以一头瞠目慌乱的山头鹿起兴，用简短精练而字字沉重的诗句描述了令我们瞠目结舌的悲剧故事。在官家对田租和盐租的催逼下，丈夫被"亭官杓头杖"活活打死。夫死之后，妻子又是遭受拷打折磨，终因不堪摧残而投河自尽。夫妻死于非命，家里仅剩的白头老母亲也难逃恶命，被狱丁抓往牢狱。在非人的社会，老母亲又会有怎样的结局，自是不言而喻。

　　生活如此悲惨，苦难如此深厚，人民哪来幸福与自由，却只剩苟延残喘了。杨维桢《海乡竹枝歌四首》以民歌形式、用四首绝句的篇幅反映了海边煮盐的亭户之苦。诗云：

潮来潮退白洋沙，白洋女儿把锄耙。

苦海熬干是何日，免得侬来爬雪沙。

门前海坍到竹篱,阶头腥臊螃子肥。

碪秄三岁未识父,郎在海东何日归?

海口风吹杨白花,海头女儿杨白歌。

杨花满头作盐舞,不与斤两添铜砣。

颜面似墨双脚赪,当官脱裤受黄荆。

生女宁当嫁盘瓠,誓莫近嫁东家亭。

　　竹枝歌,原是唐代巴渝一带的民歌,诗人刘禹锡因其俚歌鄙陋而改作新词,此后盛行于世,多用于歌咏地方风土人情与男女柔情。海乡竹枝歌,即是诗人对于海边盐民风俗人情的吟咏,只是这种吟咏并无轻悦欢快之情。杨维桢作诗"窃比开元杜家史",这四首海乡竹枝歌亦有比附杜诗之意。诗人曾于本诗后自注:"海乡竹枝,非敢以继续风人之鼓吹,于以达亭民之疾苦也。观民风者或有取焉。"首诗中海乡妇女发出"苦海熬干是何日"的悲怨之语。若海水熬干,妇女就再也不用在潮来潮退中把锄耙盐,积日累月地辛苦劳累了。然而这终究是不

现实的,就如妇女要摆脱人生的无边苦海一样地不现实。二诗勾勒了一幅充满辛酸孤苦的家居景象。妇女当海而居,门前即是海滩,丈夫已出海三载至今未归,只有与年尚三岁的幼子相依为命。三诗苦诉盐租之重。妇女终日承受着超负荷的辛劳,却仍上交不足官府的盐差,看着满头飞舞、雪白如盐的杨花,设想杨花作盐以上交官差该有多好! 四诗中继写盐民的苦难与官吏的残暴。风吹日晒下

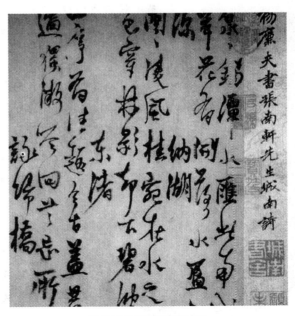

杨维桢《城南唱和诗卷》

脸色似墨般发黑，长久的盐水浸渍却让双脚发红。身体已受劳作的摧残，却仍免不了官吏无情的杖责。女儿苦命，盐民难做人。"生女宁当嫁盘瓠"，让我们想起杜甫《兵车行》充满苦难的诗句："信知生男恶，反是生女好。生女犹得嫁比邻，生男埋没随百草。"两诗相反的语意下透露出相同的苦难，诚是"窃比开元杜家史"。

我们看到，四首海乡竹枝歌，可谓是盐户妇女的"四桩宏愿"——苦海熬干是何日？郎在海东何日归？满头杨花添铜砣。生女莫嫁东家亭。然而，悲凉哀怨的期盼中，妇女的宏愿又能实现几桩呢？我们只知道，苦难仍将继续。"亭民疾楚《竹枝歌》，苦海难熬万顷波。都道吴盐白胜雪，应知泪点比盐多！"

杨维桢另有《卖盐妇》诗，描写一位负筐卖盐的老妇人，也许是海乡妇女老来的模样？人事的遭遇虽或不同，人世的艰辛却都一样。《卖盐妇》诗云：

卖盐妇，百结青裙走风雨。

雨花洒盐盐作卤，背负空筐泪如缕。

三日破铛无粟煮，老姑饥寒更愁苦。

道旁行人因问之，拭泪吞声为君语：

妾身家本住山东，夫家名在兵籍中。

荷戈崎岖戍闽越，妾亦更里来相从。

年来海上风尘起，楼船百战秋涛里。

良人贾勇身先死，白骨谁知填海水。

前年大儿征饶州，饶州未复军尚留。

去年小儿攻高邮，可怜血作淮河流。

中原封装音信绝，官仓不开口粮阙。

空营木落烟火稀，夜雨残灯泣呜咽。

东邻西舍夫不归，今年嫁作商人妻。

绣罗裁衣春日低，落花飞絮愁深闺。

妾心如水甘贫贱，辛苦卖盐终不怨。

得钱籴米供老姑，泉下无惭见夫面。

君不见绣衣使者浙河东，采诗正欲观民风。

莫弃吾侬卖盐妇，归朝先奏明光宫。

　　诗歌描述了一位身着破裙的老妇人背负盐筐风雨中卖盐的凄凉情景。盐粒在风雨中化为盐卤流走了,她背负空筐不禁泪如雨下,真是"应知泪点比盐多"! 诗人借卖盐妇充满血泪的自白,控诉了悲惨的社会现实,寄予了诗人深切的同情。老妇人的丈夫已战死,两个儿子都上了前线,小儿惨死,"血作淮河流",只有大儿尚苟延性命。为照顾年迈的婆母,她负筐卖盐,却是"三日破铛无粟煮,老姑饥寒更愁苦"。左邻右舍也有妻子等不住丈夫、耐不住贫寒嫁作商人妻,妇人只为九泉下"无惭见夫面"而甘心贫贱,与婆母孤苦相怜。坚贞不屈于现实,却终被现实所迫,求生不得,盐妇的悲惨生活和坚强品质让后人感慨叹息。

赵孟頫《秀石蔬林图轴》

辽金元诗

愿从湘瑟声中死 不逐胡笳拍里生

——杨维桢改作《题王烈妇诗》

杨维桢曾作过一些以烈女贞妇为主题的古题乐府诗,如《石妇操》《题王烈妇诗》《雉朝飞》等诗篇,其中《题王烈妇诗》尤为引人注意。原诗本已写成,后来杨维桢却又专门改作,将原诗的形式、内容及思想意义全部推倒重来。前后诗作大相径庭,对王烈妇的评价也是判若两人,奇怪之余,人们对于杨维桢如此态度大转变地改作原诗提出了各种猜测。

杨维桢

杨维桢的原作《题王烈妇诗》为:

> 介马驮驮百里程,青枫后夜血书成。
>
> 只应刘阮桃花水,不似巴陵汉水清。

王烈妇,本是南宋临海民女,姿容姣美,习礼明诗。南宋恭宗德祐二年(1276),元军进逼浙东,王氏与丈夫、公婆都被掳掠到了元军兵营。之后丈夫与公婆被残忍杀害,留下王氏孤身一人,只是因为元帅见其姿色不俗,欲霸为己有。王氏自杀未遂,然誓死不从,只得以假言欺骗元帅:"待我为丈夫公婆服丧满月,方可有商量的余地。"元帅诺之,并在元军撤还时带上王氏同行。军行至嵊上之清风岭时,王氏环视岭上的峭壁悬崖和岭下的九曲剡溪,不禁仰天窃叹:"吾今得死所矣!"遂乘着守军不备,咬破手指,题血诗于石上,其中有"云山千古恨,金石一生心"之句。写毕,南乡望哭,投崖而亡。王氏死后,石上有血坟隆起,且历久如新,不为风雨所侵蚀。其后,官府有感于王氏的忠节不屈,在其投崖之地树石刻碑,兼立庙像,并被朝廷封为贞妇。自此以后,来往清风岭的文人墨客也多作诗祭悼王氏,且几乎皆是表扬盛赞之意。据民间记载,此后一人过清风岭时,曾作诗非议王氏。诗云:"啮指题诗事可哀,斑斑驳驳上青苔。当初若有诗中意,肯逐将军马上来?"诗作以肯定王氏啮指题血诗作铺垫,重点突出"肯逐将军马上来"的疑问,其中的怀疑与批评之意甚明。可惜的是,如此说风凉话、信口批判,终落了个"绝嗣"的下场。对此,清人曾有这样的评价:"世之小人好诬善为恶,指正为邪,蔑忠为奸,目廉为贪者,视此其亦可以少警哉!"

而杨维桢《题王烈妇诗》的诗意,实与遭受报应的这位诗人之意相近。两人都选取王氏啮指题血诗这一典型情景,"啮指题诗事可哀","青枫后夜血书成",体现出诗人对王氏的共同肯定之处。然而这并非诗作的重点,只是欲抑先扬罢了。杨诗后两句意虽无"肯逐将军马上来"这般的直白,非王之意却也甚明。杨氏以水之清浊喻人之节贞,暗指王氏亦并非至清至贞之人,如若不然,又怎会"肯逐将军马上来"呢?

上面这位诗人轻言诳语已是自食其果,杨维桢又会免于报应吗?之后的故事就更有些传说色彩了。《臣鉴录》就载,杨维桢一直无子,某夜,梦见一妇人对他说:"你可知道为何没有后嗣吗?"杨答曰:"不知。"妇人又道:"你还记得《题王烈妇诗》吗?虽然未能损坏节妇之名,但毁谤节义,其罪至重,故上天让你绝后。"杨维桢醒后大悔,急忙整理思绪,将原诗推翻,更作一首《题王烈妇诗》。诗云:

> 天随地老妾随兵,天地无情妾有情。
> 指血啮开霞峤赤,苔痕化作雪江清。
> 愿从湘瑟声中死,不逐胡笳拍里生。
> 三月子规啼断血,秋风无泪写哀铭。

对比原诗,七绝改为了七律,既丰富了字句内容,更充沛了感情气势。后诗首联直陈妾虽"随兵"但最"有情",为全诗暗定了情调。颔联概述了四句原诗,"指血啮开霞峤赤"远比原诗"血书成"三字耐人寻味。依然写水之清浊,却已是"化作雪江清"了。颈联更以"不逐胡笳拍里生"之句,强力批驳"肯逐将军马上来"的疑问。尾联中的"子规啼血""秋风无泪"表达出作者的极度哀痛。很显然,这首诗作中杨维桢对贞妇王氏坚贞刚烈的行为极为赞许,对其投崖而亡的悲惨结局极为同情。

　　一为赞叹,一为非议,两首态度迥异的同题诗作出自一人之手,且是专意改之,杨维桢缘何作此?真如传说所言,则结局是杨氏改诗后,复梦到妇人前来致谢,不久果然生育一子。然传说终归是人不尽信,于是都穆《南濠诗话》就说:"予谓诗贵忠厚,王妇之事烈烈如此,可谓难矣。而二诗(两首非议之诗)皆有贬词,所谓'于无过中求有过',岂忠厚之道哉?"诗贵忠厚,是都穆为杨维桢改作原诗提出的缘由。今人刘美华说:"据理言之,维桢之所以改作,当为处元末之世,见世益乱,盗贼蜂起,兵连祸结,妇女尤易失节,乱世之景象见多后,始悟王烈妇所为之可贵,故从而旌表之,以为维系社会风教之奥援。"

　　对于贞妇王氏而言,前人偶有的片言非议丝毫未损其贞洁不屈的声名,清风岭上为其修建的庙宇仍旧香火不绝。数百年来,人们从未忘记这位贞烈女子,元至正十八年(1358)、明成化十五年(1479)、弘治十二年(1499)、万历五年(1577)、清康熙五十七年(1718)、嘉庆十三年(1808)、同治四年(1865)、民国25年(1936)等时期均修葺过庙宇。如今每年农历的二月初二和十月十五,清风庙还有规模盛大的庙会。人们对于贞妇王氏的生生不忘,既是对她舍身投崖坚贞壮举的认可与追思,亦可谓贞烈不屈、不惧残暴的世道人心的胜利。

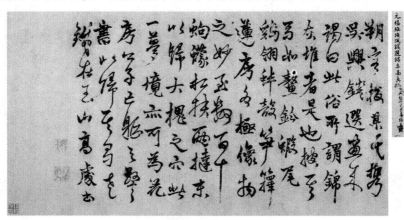

杨维桢《行书跋钱选锦阜图》

亭长还乡作天子

——张昱《过歌风台》

张昱(1289—1371),字光弼,号一笑居士,庐陵(今江西吉安)人。元末时任左右司员外郎、行枢密院判官,后弃官。明太祖朱元璋征至京师,悯其老,说:"可闲矣。"遂自号可闲老人,从此游于西湖山水之间而终老,享年八十有三。

退居杭州西湖时期,张昱曾向他人说:"我死,埋骨西湖上,题曰'诗人张员外墓'足矣。"可见他对诗人名号的特别重视。而终其一生,其诗作亦无愧于元末著名诗人的称号。其中一些代表性的诗章更是受到了后人的青睐,传颂于世。《过歌风台》即是描写汉高祖刘邦还乡的名篇。

歌风台

在张昱《过歌风台》之前,人们一直对高祖还乡这一颇具戏剧性的历史事件抱有浓厚兴趣。很多人将其作为吟咏题材,或赞或贬或讽。如李商隐《题汉祖庙》就以项羽为陪衬,明确地表达出对汉高祖的赞颂之意:

乘运应须宅八荒,男儿安在恋池隍?

君王自起新丰后，项羽何曾在故乡。

元薛昂夫的小令《朝天曲》则用通俗活泼的语句，痛贬刘邦"良弓藏，谋臣亡"的失信无义：

> 沛公，大风，也得文章用。却教猛士叹良弓，多了游云梦。驾驭英雄，能擒能纵，无人出彀中。后宫，外宗，险把炎刘并。

到了元睢景臣的套曲《哨遍·高祖还乡》中，更是将刘邦狠狠地幽默讽刺了一番：

> 那大汉下的车，众人施礼数，那大汉觑得人如无物。众乡老展脚舒腰拜，那大汉挪身着手扶。猛可里抬头觑，觑多时认得，险气破我胸脯。
>
> 你身须姓刘，你妻须姓吕，把你两家儿根脚从头数：你本身做亭长耽几杯酒，你丈人教村学读几卷书。曾在俺庄东住，也曾与我喂牛切草，拽耙扶锄。
>
> 春采了俺桑，冬借了俺粟，零支了米麦无重数。换田契强秤了麻三秤，还酒债偷量了豆几斛。有甚糊涂处？明标着册历，现放着文书。
>
> 少我的钱差发内旋拨还，欠我的粟税粮中私准除。只通刘三谁肯把你揪捽住？白甚么改了姓、更了名，唤做汉高祖！

辽金元诗

作者将刘邦作为帝王的神圣庄严感批驳得一扫涂地，语词诙谐幽默，极尽调侃揶揄之能事，令读者忍俊不禁。

人到晚年的张昱路经江苏沛县的歌风台，经历了世事的变幻和人生的沧桑后，面对已是一片荒芜的歌风台，感慨良多。曾经高歌"大风起兮云飞扬"的汉高祖，以及他开创的汉家基业一去不再，只剩下残垣废墟。喟叹之余，他作诗《过歌风台》品评高祖、追思历史：

> 世间快意宁有此，亭长还乡作天子。
>
> 沛宫不乐复何为？诸母父兄知旧事。

酒酣起舞和儿歌，眼中尽是汉山河。

韩彭受诛黥布戮，且喜壮士今无多。

纵酒极欢留十日，感慨伤怀涕沾臆。

万乘旌旗不自尊，魂魄犹为故乡惜。

从来乐极自生哀，泗水东流不再回。

万岁千秋谁不念，古之帝王安在哉？

莓苔石刻今如许，几度秋风灞陵雨。

汉家社稷四百年，荒台犹是开基处。

辽金元诗

　　《史记·高祖本纪》载，刘邦出身贫寒，却又"不事家人生产作业"，"及壮，试为吏，为泗水亭长，廷中吏无所不狎侮"。而垓下之围七年后即汉高祖十二年（前195），刘邦还乡。曾经的小小亭长摇身一变成天子，君临故里，人世之间这种荣耀和快意也已是极致了吧。楚霸王项羽曾说："富贵不归故乡，如衣锦夜行"，命运弄人，衣锦还乡的最终却是他的敌人刘邦。只是刘邦仁在沛宫中仍然闷闷不乐，于是召集了父老乡亲置酒叙旧。史载，酒宴之上有沛中儿百二十人习歌起舞。酒酣，高祖击筑高歌："大风起兮云飞扬，威加海内兮归故乡，安得猛士兮守四方！""乃起舞，慷慨伤怀，泣数行下。谓沛父兄曰：'游子悲故乡。吾虽都关中，万岁后吾魂魄犹乐思沛。'"遂纵酒极欢，留十余日而去。

　　衣锦还乡本是人之常情，不必深责，置酒沛宫、感慨伤怀更显其多情多意。但诗人张昱刻画的重点显然不系于此。"韩彭受诛黥布戮，且喜壮士今无多。"汉王朝的根基渐稳，曾经跟随刘邦打拼天下的功臣名将再无用武之地了，反而个个位高权重直接威胁到帝位，"左右功臣皆掣肘"，于是"狡兔死，良狗烹；飞鸟尽，良弓藏；敌国破，谋臣亡"，大将韩信、彭越和黥布皆先后遭诛戮而亡。而刘邦还乡时置酒起舞，"眼中尽是汉山河"，高歌"安得猛士兮守四方"。张昱暗讽，宴席上起舞高歌的刘邦，怕是口是心非，正暗暗自喜"壮士今无多"矣，威胁皇权的"猛士"难再有，其汉家基业便可传承万世了。

歌　风

正可谓"藏弓烹狗太急迫"，居安忘危，终至乐极生悲。一如诗题"过歌风台"，一切都已尘埃落定，"过去"了。古之帝王、千秋万岁今又安在，406年的汉家社稷已在历史的长河中转眼而逝，"东流不再回"。留存于今的，唯有印着青苔的石刻，秋风冷雨中的灞陵，昭示着一个王朝曾经存在。"荒台犹是开基处"，世事的无情变迁给后人平添了许多感喟。

明人瞿佑《归田诗话》中记载，张昱对于《过歌风台》诗亦是甚为满意："乘醉来过，为余朗诵之。盖得意之作也。豪迈跌宕，与题相称。"田汝成《西湖志余》亦载其事，称张昱曾在酒酣之际向瞿佑大声地朗唱此诗，以界尺击桌，铿然若金石。

与张昱《过歌风台》同样因咏唱汉高祖歌风台而名留后世的诗篇，还有年辈稍长于张昱的著名诗人萨都剌所作《登歌风台》。其诗云：

> 歌风台下河水黄，歌风台前春草碧。
> 长河之水日夜流，碧草年年自春色。
> 当时汉祖为帝王，龙泉三尺飞秋霜。
> 五年马上得天下，富贵乐在归故乡。
> 里中故老争拜跪，布袜麻鞋见天子。
> 龙颜自喜还自伤，一半随龙半为鬼。
> 翻思向日亭长时，一身传檄日夜驰。
> 只今宇宙极四海，一榻之外难撑持。
> 却思猛士卫神宇，安得常年在乡土。
> 可怜创业垂统君，却使乾机付诸吕。
> 淮阴年少韩将军，金戈铁马立战勋。
> 藏弓烹狗太急迫，解衣推食何殷勤？
> 致令英杰遭妇手，血溅红裙急追首。
> 萧何下狱子房归，左右功臣皆掣肘。
> 还乡却赋大风歌，向来老将今无多。
> 咸阳宫阙亲眼见，今见荆棘埋铜驼。
> 台前老人泪如雨，为言不独汉高祖。
> 古来此事无不然，稍稍升平忘险阻。
> 荒凉古庙依高台，前人已矣今人哀。

悲歌感慨下台去,断碑春雨生莓苔。

这首长诗咏史感怀,讥讽汉高祖对开国功臣的残暴杀戮,感慨"藏弓烹狗太急迫","向来老将今无多",并借歌风台前的老人之口道出"古来此事无不然,稍稍升平忘险阻"的社会历史情状,吊古伤今,犹启人深思。

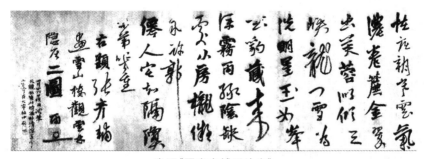

张雨《题张彦辅画诗卷》

辽金元诗

故事里的元诗

理学画家　西北子弟

　　元代诗坛出现的特别诗人群体令人注目。元前、中期的理学诗人，元中、后期的画家诗人、生长于西北边境的少数民族诗人，各逞才华，让诗坛的整体风貌更为缤纷多彩。理学大家刘因的哀金悼宋诗于冷峻理性中透露出深情感慨。赵孟頫、王冕两位诗、画兼善的大家，或借题咏《归去来图》自辨出处，或作《墨梅》诗自怜高洁。回族人萨都剌、维吾尔族人贯云石的诗歌创作，更为元诗添上了浓墨重彩的一笔。特别是诗作"别开生面"的萨都剌，堪称元代成就最高的少数民族诗人。

辽金元诗

南悲临安　北怅蔡州

——刘因的哀金悼宋诗

刘 因

　　刘因(1249—1293),字梦吉,号静修,保定容城(今河北徐水)人。其父刘述年四十尚未有子,叹曰:"天果使我无子则已,有子,必令读书。"刘因生,不负其父的期望,天资绝人,三岁识书,六岁能诗,落笔惊人,才气超迈。元世祖至元十九年(1282)应召入朝,授承德郎、右赞善大夫。未过数月,即以母疾辞官。至元二十八年(1291)再征为集贤学士、嘉议大夫,刘因坚辞不就。终其一生,多以教授和著述为业。刘因对宋代理学大师周敦颐、程颢、程颐、邵雍、朱熹等人推崇备至,自己亦是有元一代著名的理学家。清人黄宗羲《宋元学案》说:"有元之学者,鲁斋、静修、草庐三人耳。"将刘因与许衡、吴澄合称为元代三大儒。

　　虽然是名重一时的理学家,刘因并不重理轻文,而是对诗文创作表露出浓厚的兴趣和不凡的功力。今存刘诗几近九百首,元人郝经就赞其诗云:"我朝诗派继中州,气节首推刘静修。"刘因被郝经放到了"首推"的地位。胡应麟《诗薮》云:"元七言苍劲,仅此一家。"亦"首推"其七言。其诗风格复杂多变,或奇崛苍劲,或高迈雄健,或闲婉冲澹。这些诗歌中,我们特别注意到刘因所作为数不少的怀古哀悼诗,他哀金悼宋,抒写了宋金灭亡的无尽感慨和深沉的历史批判。这很让人怀疑他是宋遗民或金遗民,才在故国被蒙古灭掉后感念哀悼。然而,刘因出生时已完全是蒙古时期,可以说是纯粹的元人了。他又为何念念不忘于宋金呢?《宋元学案》道出了个中缘由:"文靖(刘因谥号)生于元,见宋、金相继而亡,而元又不足为辅,故南悲临安,北怅蔡州。"

　　悼宋诗中,刘因作《白沟》一首,反思宋朝覆亡的深刻教训,见解精辟,发人深省。诗云:

宝符藏山自可攻,儿孙谁是出群雄?
幽燕不照中天月,丰沛空歌海内风。
赵普原无四方志,澶渊堪笑百年功。
白沟移向江淮去,止罪宣和恐未公。

刘因《观梅有感》

白沟为河名,是北宋与辽的边界。诗作首联感叹春秋时晋国赵简子后继有人,宋太祖赵匡胤却无赵毋恤一样的英雄儿孙。宋太祖钦慕刘邦吟咏《大风歌》时的豪情壮志,终难得"猛士守四方"。其《月出》诗有"才到中天万国明"句,可惜中天月未能照到幽燕一带沦陷的国土。史载,太祖尝赐诏于赵普曰:"直抵幽州,然后控扼险固,恢复旧疆,此朕之志也。"赵普本无收复失地的壮志,曾上书谏阻太祖谋取幽燕。宋真宗景德元年(1004),辽萧太后与圣宗亲率大军南侵,深入宋境,宋真宗在宰相寇准的力劝下决意亲征,相战于澶州,获胜后反与辽签订了丧权辱国的"澶渊之盟"。自此至北宋灭亡的靖康元年(1126),约百二十年,诗人讥笑宋朝统治者将百年的苟安守成归功于屈辱妥协的盟约。宋室南渡,宋的界河又由白沟退至淮河了,追想太祖尚存收取幽燕的报复,后世不但未完成夙愿,反而边界不断缩移,终为异族所灭。可这又怎么能仅仅责备北宋末的徽宗呢?宋朝的积贫羸弱,君臣的偏安求存,终至亡国悲剧,其祸根实是由来已久。

同样是借景咏史,悼亡宋朝,《白沟》中的诗人冷峻理性,议论深刻,而《观梅有感》中的诗人委婉含蓄,寄托遥深。其诗云:

东风吹落战尘沙,梦想西湖处士家。
只恐江南春意减,此心元不为梅花。

战乱劫余,绽放枝头的梅花被强劲的春风吹落,纷纷坠入充满战火气息的尘沙中。一生与梅为伴的隐士林逋,怕是也未躲得过梅花在战乱中的摧残凋零

辽金元诗

吧。西湖之梅已歇，江南春色锐减。更为感慨的是，诗人的心绪"元不为梅花"，内心的悲慨只为江南大好河山全被蒙上了硝烟和尘沙，南宋故地沦入了元朝统治者之手。诗人借咏写观梅的感受，吐诉其别有一番的伤心怀抱，含蓄曲折，情绪低沉。

除悼宋诗外，刘因的悼金诗也是深情款款，感慨无限。如其名作《金太子允恭墨竹》：

> 黑龙江头气郁葱，武元射龙江水中。
> 江声怒号久不泻，破墨挥洒余神功。
> 天人与竹皆真龙，墨竹以来凡马空。
> 人间只有墨君堂，何曾梦到琼华宫。
> 瑶光楼前月如练，倒影自有河山雄。
> 金源大定始全盛，时以汉文当世宗。
> 兴陵为父明昌子，乐事孰与东宫同。
> 文采不随焦土尽，风节直与幽兰崇。
> 百年图籍有萧相，一代英雄谁蔡公？
> 策书纷纷少颜色，空山夜哭遗山翁。
> 我亦飘零感白发，哀歌对此吟双蓬。
> 秋声萧萧来晚风，极目海角天无穷。

辽金元诗

诗歌既赞赏金世宗太子允恭的非凡笔墨和文采风节，又转欣喜为悲慨，白发飘零，空山夜哭，充满对金朝覆亡和金士早逝的悲痛感伤。允恭之父世宗、嫡子章宗在位的大定、明昌年间，是金朝少有的太平盛世。允恭文采斐然，气度不凡，泼墨作画更是有如神助。《墨竹》图出，犹如九重真龙出，"一洗万古凡马空"。可金朝盛世已不复存在，曾经的大好江山变为了蒙古铁蹄下的一片焦土。念及此，诗人自伤身世，如今两鬓白发，飘零流落。在萧萧晚风中极目远眺，欲寻得些许慰藉，稍解愁闷，无奈"天无穷"，愁亦无穷。

被元世祖称为"不召之臣"的刘因，认定"元不足为辅"，并感怀于金、宋的相继而亡，遂写出了多首"南悲临安，北怅蔡州"的哀金悼宋诗篇。刘因生长于元却心系金宋，其相关诗作有着独特的价值意义。

一生事事总堪惭

——赵孟頫《罪出》

　　赵孟頫（1254—1322），字子昂，号松雪道人，湖
州（今浙江吴兴县）人。他是宋宗室后裔，宋太祖赵
匡胤的十一世孙。南宋末年，以父荫补官，任真州
司户参军。宋亡以后，隐居湖州十余年。后在元侍
御史程钜夫的引荐下入朝为官，历任兵部郎中、集
贤直学士、济南路总管府同知等职，累迁翰林学士
承旨。赵孟頫以宋宗室子孙的身份仕元，并深得元
帝的赏识，先后历仕元世祖、成宗、武宗、仁宗、英宗
五帝，前人称其"被遇五朝，官居一品，名满天下"。

赵孟頫

　　然而，赵孟頫的"名满天下"并非全由"五朝元老"和"官居一品"得来，更与
他宋室后裔却身仕灭宋的元朝大有关系。身在易代之际，每位士大夫遗民都会
面临或仕或隐的二难选择。若不顾节操，身仕异族，无疑将受到正直坚贞之士
的侧目鄙视。何况，背负特殊身份的赵孟頫，他的出处仕隐，更是受到南宋遗民
的强烈关注。宋亡后的十余年间，赵孟頫潜心家居。期间，吏部尚书夹谷推荐
他出任翰林国史院编修官，孟頫坚辞未就，并作《赠别夹谷公》诗送别："青青蕙
兰花，含英在林中。春风不批拂，胡能建幽心。"诗中自喻为开放在林中孤芳自
赏的蕙兰花，以此婉拒了夹谷。至元二十四年（1287），程钜夫奉诏在江南搜访
隐逸，以赵孟頫入见元廷，从此他一去未返，走上了宋宗室仕元的道路。对此，
南宋遗民多甚为不齿，侧目视之，而元廷内部也有一些权臣妒恨孟頫。在这种
内外交困、名节难保的情势下，赵孟頫虽受元帝恩遇，身居高位，却也身心疲惫，
矛盾痛苦。扪心自问，他如何看待被元人灭亡的赵氏王朝，又如何解释委身仕
元，他应该后悔过吧？

　　毋庸置疑，赵孟頫对于南宋王朝怀着深深的宗室情结和无限的悲伤眷恋。

其名作《岳鄂王墓》就是这种感情的强烈流露：

> 鄂王墓上草离离，秋日荒凉石兽危。
>
> 南渡君臣轻社稷，中原父老望旌旄。
>
> 英雄已死嗟何及，天下中分遂不支。
>
> 莫向西湖歌此曲，水光山色不胜悲。

一代名将岳飞年仅39岁就遇难了，他为南宋的抗金事业征战一生，并不是沙场为国死，马革裹尸还，而最终被南宋主和派构陷诬害致死。如今的鄂王墓前草木离离，石兽耸立，诗人触景生情，感慨万端。遥想当年的南渡君臣一意委曲求全，沦入水深火热中的中原父老渴盼岳家军的挥师北伐，君臣的轻社稷与父老的爱国情形成鲜明反差。英雄屈死之后，就连宋金对峙、南宋偏安一隅的局面也已难有，君臣的苟且偷安、主和投降终将王朝推向了覆亡。事到如今，对昏君佞臣诬陷忠良的无限悲愤和悔恨涌上心头，却也只能化作对忠臣良将沉痛的惋惜和悼念了。

南宋灭亡带给赵孟頫的悲慨感伤无疑是真挚深切的，面对世人谴责的目光，他归附元朝的选择又作何解释？《题归去来图》就表露出了诗人出处抉择的复杂情感。诗云：

> 生世各有时，出处非偶然。
>
> 渊时赋归来，佳处未易言。
>
> 后人多慕之，效颦惑蚩妍。
>
> 终然不能去，俯仰尘埃间。
>
> 斯人真有道，名与日月悬。
>
> 青松卓然操，黄华霜中鲜。
>
> 弃官亦易耳，忍穷北窗眠。
>
> 抚卷常三叹，世久无此贤。

诗人借着吟咏《归去来图》的机会，写出了自己对于出处行藏的看法，也算是为如今的委身仕元自辩一番。开篇即有知人论世之意，时代不同，出处亦不能简单地一概而论。陶渊明选择了归去来兮，自是一代贤士，后人对其高风亮节的钦慕和尊崇,也是实至名归。然而,仰慕并不意味着必须仿效。众人不顾自身的处境遭际,一味慕效渊明的归隐田园,会有"东施效颦"之嫌。诗人辩解道,自己亦非常钦羡渊明,其名与日月高悬,"世久无此贤"。诗人"弃官亦易",之所以身仕元廷,俯仰于尘埃间,亦有不得已的苦衷。"忍穷北窗眠",岂忍穷寒?宋亡后的诗人已是家境贫寒,无以为继,在亲友的扶助下艰难度日了。或仕或隐,诗人进退维谷,实在难以抉择,抚卷长叹,心情矛盾不安。

赵孟頫《二羊图》

赵孟頫另有《罪出》一诗,更为集中地表露出他内心的矛盾痛苦和追悔自责。诗云:

> 在山为远志,出山为小草。
>
> 古语已云然,见事苦不早。
>
> 平生独往愿,丘壑寄怀抱。
>
> 图书时自娱,野性期自保。
>
> 谁令堕尘网,宛转受缠绕。
>
> 昔为水上鸥,今如笼中鸟。
>
> 哀鸣谁复顾,毛羽日摧槁。
>
> 向非亲友赠,蔬食常不饱。
>
> 病妻抱弱子,远去万里道。
>
> 骨肉生死离,丘垄谁为扫。
>
> 愁深无一语,目断南云杳。
>
> 恸哭悲风来,如何诉苍昊。

《世说新语》云："处则为远志，出则为小草。"一旦出山仕元，就如被人轻贱的小草，可惜如今已悔之晚矣。曾自期寄身于山林丘壑，以图书自娱，今误落尘网中，身仕新朝，随人俯仰，犹如笼中之鸟，毛羽颓萎、哀鸣呼号，又有谁人理睬？既是如此地罪悔莫及，当初缘何出山入仕？诗人自辩，"蔬食常不饱"，病妻弱子，生计艰辛，欲高蹈远隐而不得，贫穷的现实生活逼迫诗人无法顾及世人的鄙视唾弃。但他的内心也深深明白，名节难在、世人的白眼是必然的，为此他又陷入了极度的愁悔与自责之中。无人理解诗人内心的痛苦纠结，恸哭悲风，天若有情，不如诉之苍昊，却又不知如何诉说。

赵孟頫《洛神赋》

宋亡之初，赵孟頫在山为远志，愤然于一些南宋旧臣委身仕元，斥其"朝为刻骨仇，暮做歃血亲"。及自己以宋宗室之后而仕灭宋之异族，又曰"往事已非哪堪说，且将忠直报皇元"。孰是孰非，后人争论不休。63岁的赵孟頫这样概括了他饱受争议的一生：

　　　　齿豁头白六十三，一生事事总堪惭。

　　　　惟有笔砚情犹在，留与人间作笑谈。

不要人夸好颜色　只留清气满乾坤

——王冕的题梅诗

王冕

王冕（1310—1359），字元章，号煮石山农，绍兴诸暨（今属浙江）人。幼年丧父，家境贫寒，聪颖好学，因往依僧寺，每晚坐佛膝之上，映长明灯读书。学者韩性闻而异之，录为弟子，王冕从韩性学，遂为通儒。后来试进士举，一举不第之后，就绝意仕进，焚烧了应举之书，转而"买舟下东吴，渡大江，入淮楚"，历览名山大川，结交奇才侠客。北游燕都，秘书卿泰不花盛情相邀，王冕曾馆于其家。泰不花欲荐以官职，王冕道："公诚是愚人哉！不满十年，此中将荆棘遍生，又为何还要禄仕？"言行如此不同流俗，世人皆以为狂生。钱谦益《列朝诗集小传》中更载其"读古兵法，著高檐帽，被绿蓑衣，履长齿木屐，击木剑，或骑黄牛，持《汉书》以读"，胸怀大志而狂放不羁。只是王冕一生终未曾做过一官半职，他以卖画为生，时时穷愁潦倒，受人鄙笑。其《竹斋集》中有多处诗句真实地反映了生活的窘境，如《九里山中》："九里先生两鬓皤，今年贫胜去年多。敝衣无絮愁风劲，破屋牵萝奈雨何。"《过山家》："白日力作夜读书，邻家鄙我迂而愚。破甑无粟妻子闷，更采黄精作朝顿。"尽管生活饥寒交迫，王冕依然不改初衷，瑀瑀独行。

王冕是元末著名的诗人、书法家、画家。孩童时家贫上不起学，他一边给邻家放牛，一边读书、学画，终于成就了一位书画大家。画荷为他最初学画树立了信心，画梅为王冕赢得了更大的声誉。因而，他的诗歌中自是少不了与画梅相关的故事。

游元大都时，他就已经是名闻京师的画家了，时人皆谓王冕以画梅著称，故登门求画者倒也不少。这其中自是不乏达官显贵，只是平日颐指气使惯了，前来索画时的神情态度，不禁令愤世又清高的王冕心生不满和厌恶，久之王冕更是拒绝为之作画。当时的翰林学士危素就是吃过闭门羹的一位。王冕这种狂放孤介的个性,得罪了不少人,最终这些人伺机将王冕赶出了京师。有一日,王冕在寓所壁间的梅花图上题了一首诗,诗云:

和靖门前雪作堆,多年积得满身苔。

疏花个个团冰雪,羌笛吹他不下来。

　　开篇即以"梅妻鹤子"的林逋自喻,冰清高洁的梅花白雪更是诗人心灵的寄托。即便家中无客,门前长满青苔也无妨,诗人还是要咏赞雪梅孤傲独立、不同于流俗的独特品质。整体来看,诗作中的借物抒怀之情是很明显的。然而,正是这一点却被人利用并恶意放

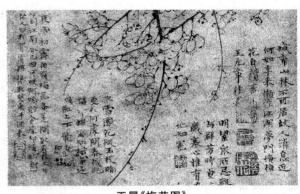

王冕《梅花图》

大,诬称"羌笛吹他不下来"之句,是王冕借咏雪梅而讥讽元朝官府。羌笛本是少数民族传来的乐器,雪梅不能被他吹下,岂不是暗喻着王冕不会向少数民族建立的大一统的元朝屈服吗?如此言之凿凿,真是欲加之罪,何患无辞。

　　看来京师是无法再待下去了,愤然却又无奈的王冕只好回到家乡,隐居于九里山中。他结茅屋三间,周围植梅千株,题所居茅屋为梅花屋。并有《梅花屋诗》为记:

荒苔丛筱路萦回,绕涧新栽百树梅。

花落不随流水去,鹤归常带白云来。

买山自得居山趣,处世浑无济世材。

昨夜月明天似洗,啸歌行上读书台。

　　此诗颇能传达王冕自甘隐居之乐与愤世不平之气。从诗歌字面来看,萦回曲折的小路旁长满了丛竹与青苔,新栽的百千树梅环绕着山涧溪流,真是落花

流水,闲云野鹤,一派情趣盎然的隐居景象。"处世浑无济世材"一语,却让我们隐约感受到诗人怀才不遇的愤懑。结合诗人题于诗后的自言,我们更加看出作者胸中其实深藏着不平的块垒。他自题道:"今年老异于上年,须发皆白,脚病行不得。不会奔趋,不能谄佞,不会诡诈,不能干禄仕,终日忍饥过。画梅作诗,读书写字,遣兴而已。自偈曰:'既无知己,何必多言。'"连用四个"不"字句,自言不会为汲汲于一官半职而奔趋他人,谄佞于上,诡骗欺诈。身负济世之才却不能立足于当世,被迫居山隐居,疾病缠身,忍饥挨饿,岂不悲哉。然即便如此,亦自得其乐,画梅作诗,誓不与俗士同流。"既无知己,何必多言",趁着这清风明月,暂且吟啸长歌,放浪形骸吧!

诗人如此的清高志趣、高士情怀,在其著名的《墨梅》诗中更是表露无遗。诗云:

> 我家洗砚池头树,朵朵花开淡墨痕。
> 不要人夸好颜色,只留清气满乾坤。

王冕《梅花》

这是一首题画诗,墨梅即水墨画的梅花。诗人穿越时空,将墨梅置于大书法家王羲之的洗砚池旁,"我家"之语,既有风趣又显豪情。朵朵盛开的梅花是由淡墨点染铺就,虽没有鲜艳的色彩娇艳诱人,却自是有一股清香散发于天地之间。诗人孤高的品性正如这墨梅一般,不要奔趋谄佞下的禄仕,"不要人夸",只求超尘出俗,一身正气。

张辰《王冕传》记:"君善写梅花竹石,士大夫皆争走馆下,缣素山积,君援笔立挥,千花万蕊,成于俄顷。每画竟,则自题其上,皆假图以见志云。"由上引诗作亦可佐证,诗人"假图见志"之意处处流露,只是高洁脱俗的自白中也包含着些许愤慨、些许无奈。不戚戚于贫贱,不汲汲于富贵,豪放不羁、忧愤世俗的王冕,留下了一幅幅不朽的传世画作和一个高标孤洁的背影。

辽金元诗

最长于情

——萨都剌与杨维桢的宫词唱和

元代诗坛上,少数民族诗人一直占据着重要地位。萨都剌可谓其中成就最为突出的诗人。他一生游历很广,写作甚勤,留世诗歌多达798首。其诗题材广泛,内容丰富,风格多样,诸体兼备。其中萨诗的一个重要特征是"清而不佻,丽而不缛","最长于情"。这主要表现在萨都剌宫词的创作上。

萨都剌

宫词这一诗体,因唐代王建创作《宫词》百首而渐知名于世。唐宋以降,历代作者颇多。至元代时期,萨都剌与杨维桢这样的著名诗人也参与其中,运用精美典丽的语言,描摹宫廷女性的生活与情态,受到了后人的高度评价。清人翁方纲就将宫词放在萨诗的首位:"萨天锡诗,宫词绝句第一,五律次之,七古、七律又次之,五古又次之。再加含蓄深厚,杜牧之不是过也。"对宫词的评价如此之高,只是今日所见萨氏的宫词仅存八首,兹录二首如下:

辽金元诗

深夜宫车出建章,紫衣小队两三行。

石阑干畔银灯过,照见芙蓉叶上霜。

——《秋词》

宫沟水浅不通潮,凉露瑶街湿翠翘。

天晚不闻青玉佩,月明偷弄紫玉箫。

离宫夜半羊车过,别院秋深鹤驾遥。

却把闲情望牛女,银河乌鹊早成桥。

——《四时宫词四首》其二

《秋词》以秋夜里宫门前、阑干畔的银灯、芙蓉或动或静的景致,描绘出了一幅宫人簇拥着宫车深夜出行的情景。《四时宫词》以绮丽的景物描写和细腻的心理描写,含蓄哀怨地表达了宫女对爱情的奢望和内心的愁思。两首诗作意象灵动,意境清丽。这样的诗作得到了后人陶玉禾的赞誉:"天锡诗有秀骨,不是一味浓丽,故佳。"清人翁方纲赞《秋词》一诗:"王子宣《宫词》云:'南风吹断采莲歌,夜雨新添太液波。水殿云廊三十六,不知何处月明多?'王龙标、杜樊川之流亚也。然昔人论此篇,却谓不及萨天锡之作。天锡云:(略)。此则才人之极笔矣。"然而,《秋词》也受到了元人杨瑀的质疑。全诗短短四句,杨瑀句句否定,认为皆有悖常理。"宫车夜出,恐无此理。""擎执宫人紫衣,大朝贺则于侍仪司法物库关用,平日则无有也。""宫中无石栏杆","北地无芙蓉"。杨瑀之论,可备一说,孰是孰非,难以决断。引用这段佚事,恰恰说明萨都剌的宫词创作在当时脍炙人口,产生过较大影响,才引起了时人的关注与争议。

今日仅存的八首宫词,远不是萨都剌宫词创作的全部。这从杨维桢唱和萨都剌的宫词中可以看出来。杨维桢作有《宫词二十章》,并在诗序中说:"宫词,诗家之大香奁也,不许村学究语。为本朝宫词者多矣,或拘于用典故,或拘于用国语,皆损诗体。天历年间予同年萨天锡善为宫词,且索予和什,通和二十章,今存十二章。"从和作《宫词十二章》的押韵情况来看,萨都剌的原诗已佚。一般而言,随着唱和诗的发展愈来愈讲究韵律,元诗的唱和之作既同韵且次韵。对比二人存世的全部宫词,萨诗中并未有一首与杨诗次韵,其中只有《宫词》《醉起》《秋词》三首与杨诗同韵。《宫词十二章》中,如下三章与《秋词》同韵:

辽金元诗

> 薰风殿阁日初长,南贡新来荔枝香。
> 西邸阿环方病齿,金笼分赐雪衣娘。
>
> 金屋秋深露气凉,宫监久不到西厢。
> 丁宁莫窃宁哥笛,鹦鹉无情说短长。
>
> 十三宫女善词章,长立君王几案傍。
> 阿婉有才还有累,宫中鹦鹉啄条桑。

杨诗依然描绘宫女生活的不尽人意与心灵怨恨,与萨诗不同的是,杨诗三首中有一个共同的关键点:鹦鹉。首诗中的"雪衣娘",即为白色的鹦鹉,是唐玄宗李隆基的爱鸟,备受宠爱,死后特地立冢,被呼为鹦鹉冢。一骑红尘妃子笑,昼夜兼程送来的荔枝,贵妃病齿难咽,正好赐给玄宗的爱鸟,宫女们是万万不敢奢想的。二诗中,鹦鹉无情,宫女们的一举一动可都在它的眼里,稍有差池,便会被鹦鹉说长道短,传入宫监的耳中。三诗中,上官婉儿自幼聪慧,才华绝代,却又身世坎坷,一生跌宕。或荣或辱,宫中的鹦鹉毫不在意,依旧"啄条桑"。首诗中的"雪衣娘"高高在上,人远不及鸟;二诗中的鹦鹉就如宫监的化身,冷漠无情;三诗中的鹦鹉回归了它本来的模样,只是在偌大的宫廷中做着百无聊赖的事而已。

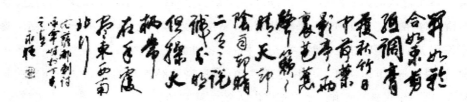

萨都剌《雨伞》

　　杨维桢本人对萨都剌的宫词是甚为称赏的,他曾作如此评价:"天锡诗风流俊爽,修本朝家范,宫词及《芙蓉曲》,虽王建、张籍无以过矣。"而萨、杨二人的宫词唱和,可谓元代诗坛上宫词创作的代表之作。它们既具备王建百首诗以来宫词的典型性特征,又表达出更为深广的内容,形成了独特的艺术魅力。

辽金元诗

直言时事不讳

——萨都剌的"诗史"

萨都剌生活的时代,正是元朝统治者内部皇权争斗不休、骨肉倾轧相残的时期。萨都剌感慨系之,创作了多首直刺朝政的政治讽喻诗,元末明初人称赞此类诗作"直言时事不讳",甚至誉之为"诗史"。如其代表作《纪事》诗:

萨都剌

> 当年铁马游沙漠,万里归来会二龙。
> 周氏君臣守空信,汉家兄弟不相容。
> 只知奉玺传三让,岂料游魂隔九重。
> 天上武皇亦洒泪,世间骨肉可相逢。

辽金元诗

天历元年(1328)七月,时年36岁的泰定帝暴崩于上都。丞相倒剌沙专权,却逾月未拥立泰定帝之子登基。留守大都的元武宗旧臣、金枢密院事燕帖木儿手握重兵,决定先发制人,谋立武宗子怀王图帖睦尔为帝。他一面密迎怀王于江陵,一面派其弟屯兵居庸关,其子屯守古北口,占据军事要地。上都的倒剌沙眼看形势危急,忙与诸王拥立泰定帝九岁的儿子阿剌吉八称帝,是为天顺帝;大都的燕帖木儿遂拥图帖睦尔称帝,是为元文宗。上都与大都的较量也正式开始。上都军队以正统自居,发兵数路,攻向大都。起初,居庸关等地被上都诸王接连攻破,燕帖木儿亲自出战,身先士卒,战局逐渐扭转。直至十月,燕帖木儿一方突袭上都,城陷后,天顺帝被元文宗秘密杀害。这场血腥残酷的皇位之争以大都的完胜而结束。

元文宗并非武宗嫡长子,即位之初,长兄周王和世剌尚远在朔漠。文宗曾推辞自己岂敢乱了承继顺序,只是形势所逼,暂居帝位,"谨俟大兄之至,以遂朕固让之心"。如今两都之间的战事已了,遂多次派使前往朔漠,迎长兄回大都登基。周王对于二弟的盛情相邀心存疑虑,迟迟不肯应允。最终在朔漠诸王和随从行人的巧言规劝下,起身南行。天历二年(1329),周王未敢直奔大都,而是在距大都不远的和林登基即位,是为元明宗。不久,文宗迎见明宗于大都附近之王忽察都,兄弟见面,相谈甚洽,欢宴一集。孰料,年方三十的明宗欢宴后一夕"暴卒",实被文宗与权臣燕帖木儿暗地谋杀。于是文宗下哀诏而传四方:"夫何相见之倾,宫车弗驾。"害除了长兄,文宗遂顺理成章地继承帝位。

萨都剌《纪事》一诗,即真实地披露了文宗与明宗血腥残酷的帝位之争。长兄周王远游朔漠,文宗一再迎请。周王不远万里归来,文宗假意地奉玺让位,迷惑周王,却最终君臣密谋,行谋杀事。诗人充满愤慨地责问,如此行事则信义何在,骨肉之情何在?元武宗地下有知,眼看同根相煎,兄弟相残,又当作何感慨?诗人笔触大胆,发前人未敢发之言,满怀正直与正义,直刺朝政,揭示了统治阶级内部皇权明争暗斗、泯灭人性的丑恶本质。

至顺四年(1333),萨都剌经过"两都之战"时的重要战场居庸关,回想起当时交战的惨烈场面,写下了名篇《过居庸关》:

> 居庸关,关苍苍,关南暑多关北凉。
> 天门晓开虎豹卧,石鼓昼击云雷张。
> 关门铸铁半空倚,古来几多壮士死。
> 草根白骨弃不收,冷雨阴风泣山鬼。
> 道傍老翁八十馀,短衣白发扶犁锄。
> 路人立马问前事,犹能历历言丘墟。
> 夜来芟豆得戈铁,雨蚀风吹半棱折。
> 铁腥惟带土花青,犹是将军战时血。
> 前年又复铁作门,貔貅万灶如云屯。
> 生者有功挂玉印,死者谁复招孤魂。
> 居庸关,何峥嵘。
> 上天胡不呼六丁,驱之海外消甲兵。
> 男耕女织天下平,千古万古无战争。

诗歌描绘了居庸关险峻的地理形势和重要的战略地位,重点刻画了古往今来战乱频仍带给普通百姓的痛苦生活。诗人借八十余岁尚扶犁锄的白发老翁之口,感慨战乱的残暴无情。"雨蚀风吹半棱折",不禁让人忆起杜牧"折戟沉沙铁未销"之句;杜牧说"自将磨洗认前朝",萨诗笔触更纸,将风雨销蚀后锋棱上的铁腥想象为"犹是将军战时血"。诗人回忆五年前居庸关的激战,一将功成万骨枯,生者封功挂印时,又有何人为战死的将士复招孤魂。诗人甚至将希冀的目光投向上天,问它为何不遣天神把居庸关移挪海外,从此以后,"男耕女织天下平,千古万古无战争"。诗作强烈谴责战争的不义,表达出诗人对于和谐安宁生活的无限神往。

　　"两都之战"、谋杀明宗,费尽周折才坐稳皇帝宝座的元文宗也只在位四年多,就因病不起而一命呜呼了。他深愧平生对长兄不住,自感大限将至时,召皇后、皇子燕帖古思及大臣燕帖木儿,语重心长地说:"昔者晃忽叉(王忽察都)之事,为朕平生大错。朕尝中夜思之,悔之无及。燕帖古思虽为朕子,朕固爱之。然今大位乃明宗大位也,汝辈如爱朕,愿召明宗子妥懽帖睦尔来登兹大位。如是,朕虽见明宗于地下,亦可以有所措词而塞责耳。"他心生愧疚,罪责难安,弥留之际传大位于明宗子,也算是求得一份心安。文宗死后,燕帖木儿大权在握,本欲立皇子为帝,遭到了皇后的坚决反对,于是改立明宗次子、年仅7岁的懿璘质班即位,是为宁宗。孰料,仅仅53日后宁宗病亡。这时又该由谁来继承帝位?朝廷形势开始变得扑朔迷离,也许一场血雨腥风又会随时扑来。诗人萨都剌敏锐地感受到了潜在的动荡局势,作下《鼎湖哀》一诗:

辽金元诗

荆门一日雷电飞,平地竖起天王旗。
翠华摇摇照江汉,八表响应风云随。
千乘万骑到阙下,京师亦睹龙凤姿。
三军卵破虎北口,一矢血洗潼关尸。
五年晏然草不动,百谷穰稑风雨时。
修文偃武法古道,天阁万丈奎光垂。
年年北狩循典礼,所有雨露天恩施。
官官留守扫禁阙,日望照夜随金羁。
西风忽涌鼎湖浪,天下草木生号悲。
吾皇骑龙上天去,地下赤子将安依。
吾皇想亦有遗诏,国有社稷燕太师。

太师既受生死托,始终肝胆天地知。

汉家一线系九鼎,安肯半路生狐疑。

孤儿寡妇前日事,况复将军亲见之,

况复将军亲见之。

　　诗人从前半部分对文宗的极力赞颂转到文宗"骑龙上天",心生号悲,不禁忧虑"地下赤子将安依"？继而将目光投向了燕太师,然并非燕帖木儿是萨都剌心中的救世主,只是因为他大权在握,一举一动足以决定朝政的走势。诗人劝诚燕太师,如今文宗已逝,一定要记得泰定帝死后"孤儿寡妇"的前车之鉴,当初太师亲眼见之,可莫重蹈覆辙！诗作表面赞誉燕帖木儿乃社稷之臣,肝胆相照,然而,"安肯半路生狐疑",萨诗的字里行间充满着疑虑之情。他担忧皇朝内部为了帝王之争又大兴干戈,骨肉相残而生灵涂炭。因而用大胆尖锐的言辞,表达出对当前时势的深刻批评和思考,希冀引起当权者的重视。

　　萨都剌的时事诗,语词激烈而大胆,批评直接而不留情面,言他人未敢之言,甚至诗作中指名道姓,不顾惜自身安危,尤见诗人为社稷、为生民的耿耿忠心。

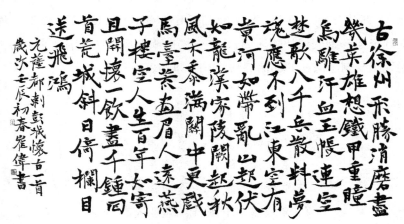

萨都剌《彭城怀古》

承恩又上紫云车　哪知鬻女长欷歔

——萨都剌笔下的苦难人民

萨都剌

萨都剌诗作内容丰富深刻的另一体现是，他用饱含同情的笔触，写出了元代社会普通百姓流离失所的苦难生活。旱灾或洪灾来临时，豪门贵族依旧花天酒地，快意逍遥，却苦了贫寒人家，食不果腹，衣不蔽体，逃亡家园，甚至卖儿鬻女，对比之下，真是天壤之别。文宗天历二年（1329），萨都剌时在镇江历事任上，这一年全国多地爆发了灾荒。据《元史·五行志》记载："（天历）二年六月，大都东安、通、蓟、霸四州，河间靖海县雨水害稼。""二年夏，真定、河间、大名、广平等四州四十一县旱。峡州二县旱。八月，浙西湖州，江东池州、饶州旱。十二月，冀宁路旱。"各地的饥荒导致流民极多，据《元史·文宗本纪》载："天历二年，陕西饥民百二十三万四千余口，河南饿死者二千余人，山东饥民六十七万六千户。"灾民如此之多，朝廷本应全力以赴，赈灾抚民，救饥民性命于水火。文宗却忙着建龙翔集庆寺于建康，建崇禧万寿寺于蒋山，县官郡守只顾醉饱即可。萨都剌气愤不过，作诗篇《鬻女谣》，揭露悲惨社会中人民的苦难。诗歌首节云：

> 扬州袅袅红楼女，玉笋银筝响风雨。
> 绣衣貂帽白面郎，七宝雕笼呼翠羽。
> 冷官傲兀苏与黄，提笔鼓吻趋文场。
> 平生睥睨纨绔习，不入歌舞春风乡。

开篇四句通过写红楼女的玉笋银筝,白面郎的七宝雕笼,描绘了一幅身处上层社会的高门豪族的寻欢取乐图。接着自拟苏黄的诗人现身,诗人不媚权贵、高傲不屈,对于纨绔子弟的恶习向来十分蔑视。当看到道旁的难民生活已经到了卖儿鬻女的惨状时,不禁悲从中来:

> 道逢鬻女弃如土,惨淡悲风起天宇。
> 荒村白日逢野狐,破屋黄昏闻啸虎。
> 闭门爱惜冰雪肤,春风绣出花六株。
> 人夸颜色重金璧,今日饥饿啼长途。

曾几何时,这些长在深闺的姑娘也心灵手巧,如花似玉,肤如凝脂。如今却一路逃难,为了活命而不惜转卖于人,弃之如敝屣。然而,骨肉分离,心中的悲痛唯有苍天可见。诗人用富家公子与红楼歌女的富贵生活来对比难民如此悲惨的处境,产生了强烈的震撼力。灾民遭此大难,县官太守又在何处?诗云:

> 悲啼泪尽黄河干,县官县官尔何颜?
> 金带紫衣郡太守,醉饱不问民食艰!
> 传闻关陕尤可忧,旱荒不独东南州。
> 枯鱼吐沫泽雁叫,嗷嗷待食何时休?

辽金元诗

困于饥饿的灾民已身陷绝境,县官太守只顾自身前程,每日酒足饭饱,不问民生之艰。诗作将批判的矛头直指居其位而不谋其政的一方长官,言辞直接而尖锐。在谴责的同时,诗人又陷入了深深的忧虑,传闻全国多地出现严重灾情,旱灾何日可解,饥荒几时可休?

> 汉宫有女出天然,青鸟飞下神书传。
> 芙蓉帐暖春云晓,玉楼梳洗银鱼悬。
> 承恩又上紫云车,哪知鬻女长欷歔。
> 愿逢昭代民富腴,儿童拍手歌康衢。

诗人再一次用对比手法,愤愤不平的笔触中,呈现给我们截然不同的两个景象:一面是"芙蓉帐暖度春宵"的悬佩银鱼的"贵人",一面是卖儿鬻女长歔歒的身陷绝境的难民。诗歌在强烈的反差中表现出作者爱憎分明的立场。

饥荒带给灾民的是家破人亡的悲剧,却毫不影响高门贵族、县官太守的寻欢取乐、醉生梦死。饥荒过后,洪灾又来,同样的悲剧只会发生在同样的灾民身上。元顺帝至正十年(1150),因黄河水患给黄河流域的人民带来了沉重灾难,丞相脱脱与贾鲁等商议治理黄河,时年已近八旬的萨都剌途经黄河,作下了又一首同情人民的诗篇《早发黄河即事》:

> 晨发大河上,曙色满船头。
>
> 依依树林出,惨惨烟雾收。
>
> 村墟杂鸡犬,门巷出羊牛。
>
> 炊烟绕茅屋,秋稻上垅丘。
>
> 尝新未及试,官租急征求。
>
> 两河水平堤,夜有盗贼忧。
>
> 长安里中儿,生长不识愁。
>
> 朝驰五花马,暮脱千金裘。
>
> 斗鸡五坊市,酣歌最高楼。
>
> 绣被夜中酒,玉人坐更筹。
>
> 岂知农家子,力穑望有秋。
>
> 裋褐常不完,粝食常不周。
>
> 丑妇有子女,鸣机事耕畴。
>
> 上以充国税,下以祀松楸。
>
> 去年筑河防,驱夫如驱囚。
>
> 人家废耕织,嗷嗷齐东州。
>
> 饥饿半欲死,驱之长河流。
>
> 河源天上来,趋下性所由。
>
> 古人有善备,鄙夫无良谋。
>
> 我歌两河曲,庶达公与侯。
>
> 凄风振枯槁,短发凉飕飕。

辽金元诗

《早发黄河即事》与《鬻女谣》在写作技巧上有明显的相似之处，两诗都用对比手法写出了元代社会剧烈的贫富差距、不公的社会现实。农家子女困苦万状，"饥饿半欲死"，长安富儿沉迷于酒色，"生长不知愁"；让农家满心忧虑的是水患、官租、盗贼，与富儿整日相伴的是美酒、玉人、宝马。贫与富的差距，官与民的对比，诗人眼中的社会是如此黑暗不公。对于朝中正在商议的治河大事，诗人亦有话要说。黄河之水天上来，欲消除水患，应遵循水性趋下的道理加强疏导之法，而非采取强硬的堵塞措施。诗人指责"肉食者鄙，未能远谋"，今日之治河者恐怕未有古人的善备良谋。"我歌两河曲，庶达公与侯"，期望身在其位的官吏能够听闻他人意见，慎重行事，莫因治河无术而留下笑柄，特别是给百姓留下潜在的灾难。

如上纪实而感人的诗篇，引起了我们的强烈共鸣。它写出了处于生死挣扎线上的人民的苦难，官吏贵族不恤民苦的奢侈生活，元代社会甚至每个朝代都一直存在的差距与不公，也写出了萨都剌本人的正直不屈，满腔同情，其人品与诗品的完美统一。

辽金元诗

传遍梁山是此诗

——贯云石《芦花被》

贯云石(1286—1324),维吾尔族人,原名小云石海涯,因父名贯只哥,遂以贯为姓,取云石为名。他出身于贵族世家,祖、父皆官至高位。元大德年间,承父荫,出任两淮达鲁花赤,不久将职位让于其弟。仁宗时期,拜翰林仕读学士、中奉大夫,数年后又称疾

贯云石

辞官,隐居杭州一带而终老。他精通汉文创作,于诗、文、曲、书法等方面皆有成就。

贯云石自号酸斋,又号芦花道人。芦花道人的称号,实源自于一段以《芦花被》诗换取芦花被的佳话。元延祐元年(1314),贯云石南游途中经过梁山泊(今山东境内),看到一位渔翁将轻柔洁白的芦花铺织为被,不禁赞叹不已,欲以绸缎被换取老翁的芦花被。老翁并未应允,却为贯云石列出了交换条件:"愿以诗输之。"云石欣喜之余,当场赋作《芦花被》诗,诗成后老翁吟咏玩味,随即果真将芦花被换予了云石,并拒绝接收绸缎被。这段趣事被贯云石亲自记载,写在了《芦花被》诗的序言中,其真实性自是毋庸置疑。

而类似的文坛佳话,在贯云石以前也有数例。东晋王羲之的"换鹅书"即是其一。据《晋书·王羲之传》载,王羲之生性爱鹅。会稽有位孤居老人养了只很善于鸣叫的鹅,羲之欲买之而未能如愿,遂携亲友前往观看。老人听说王羲之要来,就将鹅烹杀了来招待他。为此,王羲之哀叹了数日。有位山阴道士养着许多鹅,羲之前去观赏,其意甚悦,强烈希望能够把它们买下来。道士却说:"您若能为我抄写一部《道德经》,愿以群鹅相赠。"羲之欣然同意,举笔写就后,"笼鹅而归,甚以为乐"。"换鹅书"的典故由此而出。

辽金元诗

"换羊书"的佳话,却是与大文豪、书法家苏东坡有关。东坡交游甚广,自言"上可陪玉皇大帝,下可陪卑田院乞儿",朝廷要员、布衣贫民都与东坡结有深厚情谊。其中,门下侍郎韩维的侄子韩宗儒就与东坡有书信来往的交情。不过这位韩宗儒通信的动机着实生奇,他只是想用东坡的一封封真迹书信,换取十几斤羊肉,以饱口腹之欲。原来,殿前都指挥使姚麟雅爱东坡的书法,苦不能得,遂于韩宗儒处以羊肉换取。黄庭坚听闻后将此事告于东坡,并戏称道:"昔有王羲之写《道德经》为'换鹅书',今可称您的书法为'换羊书'。"东坡大笑。一日,东坡正在翰林院忙于制撰,韩宗儒日作数封书信,以图东坡的回报书信,其下人立于庭院之下,督索甚急。东坡笑语:"传话出去,本官今日吃斋。"这样的回答真是令人捧腹不已,而东坡的机智与幽默也尽得彰显。

回看贯云石与梁山泊渔翁的这番交易,既然"换鹅书""换羊书"的佳话已呈于前,就将贯云石这首《芦花被》拟为"换被诗"吧!其诗云:

采得芦花不浣尘,翠蓑聊复藉为茵。

西风刮梦秋无际,夜月生香雪满身。

毛骨已随天地老,声名不让古今贫。

青绫莫为鸳鸯妒,欸乃声中别有春。

· 178 ·

夜月生香,诗人躺在青翠的蓑衣上,身盖清洁无尘的芦花被,不再顾念尘世的纷扰,在西风的吹拂下放浪形骸,怡然自得。正如其小令[清江引]所云:"些儿名利争甚的,枉了著筋力。清风荷叶杯,明月芦花被,乾坤静中心似水。"诗人换取芦花被的初衷,也是因"尚其清"。也许在那一瞬间,正是芦花的清香满身、洁白无尘,打动了一向蔑视争名夺利、追求清静适意的诗人。

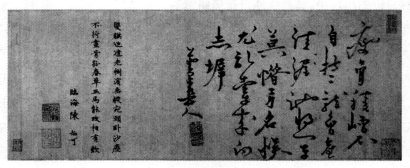

贯云石《题赵孟頫〈双骏图〉》

《芦花被》写成后,这首诗作及以诗换被的佳话在元朝社会广为流传,并为贯云石赢得了巨大的声誉。在贯云石晚年读书的钱塘栖云庵中,人们专门为此树立了《芦花被》诗碑以示怀念。并将这段佳话绘制成为《芦花被图》,文人墨客多于图上题诗留念。其中,诗人吴敬夫的《题芦花被图》最为惬意:

> 秋风吟就芦花被,一落人间知几年。
> 泽国江山今入画,诗人毛骨久成仙。
> 高情已落沧州外,旧梦犹迷白鸟边。
> 展卷不知时世换,水光山色故依然。

贯云石的《芦花被》一诗,后人追写、相和者也甚多。年辈稍晚于贯云石的诗人张光弼写有《题贯酸斋〈芦花被〉诗后》一首,对于贯氏蔑视功名、安贫乐隐的生活追求有着独特体悟。其诗云:

> 学士才名半滑稽,沧浪歌里得新知。
> 静思金马门前值,哪似芦花被底时。
> 梦与朝云行处近,醉从江月到来迟。
> 风流满纸龙蛇字,传遍梁山是此诗。

诗人直言金马门前的曲意侍奉,哪抵得过芦花被底的逍遥自在。或梦或醒,或醉或醒,潇洒风流,闲旷适意。正是这种视功名利禄如敝屣的高雅情操和放浪不羁的孤标品性,使得贯云石其人其作受到了后人的广泛赞誉,正可谓"传遍梁山是此诗"!